뿍
떼
기

뻑떼기

2022년 4월 5일 초판 인쇄
2022년 4월 15일 초판 발행

지은이	김씨돌
옮긴이	신예슬, 이큰별, 최여울
사진	신미식
조각	남정근
발행자	박흥주
발행처	도서출판 푸른솔
편집부	715-2493
영업부	704-2571
팩스	3273-4649
주소	서울시 마포구 삼개로 20 근신빌딩 별관 302호
등록번호	제 1-825
값	23,000원
ISBN	979-11-972082-9-4 (03810)

ⓒ 김씨돌(글), 신미식(사진), 2022

뿍떼기

김씨돌

푸른솔

책 머리에

그저 미안해요.
늘 고맙구요.
청숫잔 맑은 물에
좋은 거름 향기째로
떠나가는
풀. 삿. 갓.

2022년 봄
- 순 자연인 올림(영 엉터리꾼)

기후재난천상복구단

교황 평양 방문
전쟁 끝, 평화 시작
국방비를 평화비로 생태 전환
두루춘풍

이웃돕기에 신명을 바친 사람들
천하 동식물 애호가
천년수목 어진 머슴
자연 퇴비 농부
광부, 잠수부, 응급 구조사
어울림 예술인, 전통 무형문화재, 초원 도인들
유머스런 스포츠 동호인, 품격 높은 방송 연예인
건장하고 착한 전문 노동자, 밑바탕 형제 의인들
아름다운 영감에 빛나는 수행자, 수도자
자원 봉사에 이력이 난 돌봄 천사, 간호사
눈물겨운 희생으로 꽃피운 한의, 양의, 공의
잘 익은 김치 막걸리 나눔 삼신 할매, 시골 어머니

사회민주주의를 초록별로 품은 청년 일꾼들
노숙자 신세 성직자, 고독사 직전 불쌍한 양반들
인간미 넘치는 이슬람 신자들, 원불교, 성공회 위인들
즐거운 인생, 향기로운 벗님들

세계로, 초원으로, 현장으로
우리의 보람찬
우리는 어깨동무들, 이웃사촌
지구 살아나겠네
나무야 나비야 달빛 미소와 춤춰라
인류 멸종이 웬 말이요?!

으으흐! 표현 할 길이 없어요. 흐흐으으! 울어 울어 같이 운대요. 애으아
리! 옹옹
아리! 하으아리오오!
드디어! 돌아왔구나, 새봄이 돌아왔구나, 부활이 있긴 있는가 보구나
(가만있자. 있는 그대로 기록해 두자. 「동동」 떠가며 헤엄치다)

그 저녁 수저 놓으시고 이마저 돌려 드리시려고 우리가 먼저 3월3일 천
봉마루 연당에 돌아왔어요. ♪동동! 에으아리~ 하으아리오오~

하늘의 심판, 펜데믹, 사망자 6백 만 명 넘어간다네

그 봐요! 그렇게 울리고 가시면 안된다 그랬죠? 그토록 사랑에 빠지면,
어떤 님의 자애에 넋을 잃으시면, 여느 신이 언제 나리시는 동,
의문에 울다가도 연에 가시는 동,
젯상 없이도 홀리시는 동, 한날한시에 생매장 학살된 우리도 미워하지
않으시고 그 고분 길 열어주실 동,
메주 같은 나를 님들과 같으신, 그 머이나? 그 그 찹쌀 고추장 띄울 옛밀
기울 그 세상엔 파시는 동,
외상으로도 주시는 동, 씸들어서 올갠 무시작업 못해도 이 세상 차맞케
살다 가면은, 억울히 죽어 가면은, 그 억수로 건방지고 씨 건방진 저 머
리 큰 신, 점잔 빼는 신, 힘 센 신, 예쁜 신, 폼 잡는 신께서도 맘 고쳐 잡
술 동,
우리네 하루 품팔이, 흙 지렁이에게 안하무인인 저 저 석상 목상 동상
와상 그림 그림상 문자상 영상 환상 꿈상마저 대자연에 상처가 안 가

실 동,

우리네 돌같이 굴러와 낮은 치 갈 곳 몰라 애태우시던 동글상님들도, 니저 뭐고, 오늘 장에 볼일 보러 가는 날이나마 화답하시며 우우 데불고 가시여 한 바가지씩 퍼주실 동,

여기 해맑고 향기 찬 달궁 별궁 천궁 샘물로 씻어주실 동,

우리 같이 소같이 양 염소 토끼같이 풀보고 땅만 보고 땀 흘리고도 머이 좋다고 쏠려 다니지 않은, 그린 수소층,

아! 우리도 아무 때나 마시고 싶을 때 퍼 담아 한동이씩 이고지고 가는 천상복락의 길에 어데 빈자리 하나 마련해 주실는지요? 내 노력해서 하는 데는 작으나 크나·· 받아 주실는지요. 없어도 교회 절깐 성전도 더 활짝 문 열어 주실는지요. 학교운동장 근처도·· 처마 밑에도 재위 주실는지요. "아니여! 그게 글치 않트라꼬! 줄이 줄을 신줄을 밀치드라꼬!"

"온실가스, 안녕!"

으으으으! 흐흐흐흐! 사랑하리! 미워하리! 아니아니! 오오오! 애으아리! 옹옹아리! 하으아리

오오어어머님이시여! 당신께선 우릴 똑같이 이뻐해주시겠지요?! 음음 음올올올! 동! 동!

보크하람,이 납치한 여학생들이 부르는 '황야의 할렐루야 합창소리'

빨갛다, 새콤하다, 파랗다, 달콤하다. 다 같이 돌담사이를 두고 떨어졌다. 벌들처럼 꽃을 찾아간다. 어떤 자비의 숫자보다 잘 보이지 않는 숲속이시다. 어느 토끼길보다 더 밝고 향기로운 언덕 아래로 깃들었다. 사랑의 체험? 악수로부터 크게 4단계로, 임께서 더 이상 신비를 꿈꾸지 마시라고 하셨듯이, 우리 모두 김매던 그 손으로 수확하는 「양파」가 빛을 보았다. (07.8.9. 점점 짧아지는 저녁 해는 앞에 지고 산 넘어 뻘건 번갯불은 뒤로 지시고서…)

간첩

"그래 난 토끼 간첩이다." 군홧발이 하나님이다.

필름아! 영상아! 믿음아!
이제 사라져 가거라!
생명에서 생명으로
막을 내리는 중이란다.

자본주의

이슬아침 깊은 연못 속에서
울음소리로 서로 인사나 하재요

우물 위로 산 가재 도롱뇽 실 미꾸라지 산천어 식구들이
천년 집으로 찾아드시고
머잖아 너희들이 사라지면 우리 인간도 안녕이야!
봐! 짤딱한 독사들은 엄청 불어났으나
대기업 주주권인 생쥐들도 기하급수적으로 불어 났으나
결국 올해 씨를 못 건졌단다
세월이 갈수록 나물먹고 물 씹게 되나 봐
어쩌면 좋을까?

'신을 부리는 자들' 이 콧방귀를 뀌니까
덫을 놓고 부패 고리가 번창해지니까
다들 눈이 있고 심장은 뛰나
귀를 막고 포식이나 하면서
더 심화되어 가는 부의 편중을 보라
이중 신격자들의 노름판이 아니라고 하겠는가?

의인

얼굴 모르는 학생, 시민들,
남대문시장 납작 운동화 80켤레 아지매,
계성여고생, 수녀님들,
부산대 여학생, 전대협,
공수부대 막은 87년 횃불 사수대
(예상된 시나리오)

꽃사과

봉화치의 신
향, 거름, 맛, 벌, 벌레, 나그네,
사랑과 평화로다
목단 꽃 감싸주신 신께 감사
나무 밖의 과실로
뭇 생을 살리시네

나무야!

고맙다
그대 숲으로 다가옴에
오늘 같은
'사랑과 평화' 가
'신들의 인권' 이
'흙의 눈물' 이
흐르는 우리 어머님의 모성애와 어우러져
미천한 자연 농업인 씨도리,
요 순 바보도
무작정 깃들 수 있었단다

강심 같으신 아버님의 자비가!

따뜻하신~ 개흙가슴에~~~
그대 물님들과~ 밀려~ 오는 샘은?

토끼

꽃으로 피고 또 피어 나셨습니다. 휠~ 휠! 새처럼 날고 날아드셨습니다. 사랑하옵는 뭇생들께 소생 무한한 감사를 올립니다. 이 본래 허약한 우리산하 토끼새끼를 그냥 웃어 넘기십시오! 하루같이, 아무 때나 엎드림도 늘 모자랐사옵니다. -몸이 어씰하여, 총총이만~ 고마워유! 벗님들! 예! 지금 눈과 비가 섞여 내리네유! (프랑스군이 약탈해간 외규장각 도서가 돌아온다는 날)

「사랑전 자비」가 무엇입니까? 군밤입니다. 「자비후 사랑」은 무엇입니까? 짚신입니다.

고산식물이 왜 말라 갈까요?
하늘도 땅도 손을 놓고 풍악만 울리는 「걸쭉한 제사」가 많기 때문이지요. 뚝방에 앉아.

오~ 임을 찾은~ 천리이~ 기일~ 꺄르르꺄르르~ 꾀액꾀애~ 아악아악아악 ~ 날아라아~ 모두 날아라아~

오라! 향기로우신 인간미, 인간미, 그대 넘치는 인간미로 피고 또 꽃필 즈음 우리도...

으으응~ 으으응~ 으으응~ "프르르르~ㄹ~ㅇㅇ~"
빙빙돌던 수백만마리 새떼들 쌍쌍이 오르내리며 부딪칠 듯 장난도 쳐~
가면서~ 우와~ 산천을 들썩이시면서로~ 다시 푸른 창공을 향하여~ 맑
은 공기를~ 내가 묻힐 이땅의 짙푸른 향기를 향하여~ 어디론가...어디
론가...
(걷지 못하는 토끼 아저씨가)
(걷게 될꺼외다)

토끼게임

푼푼이 모아준 돈은 북녘에 창구를 둔, 배고픔만은 달래준, 신의 이름을
빌리지 않았던, 유럽민이었다. 나아가 중·북부 유럽, 중립 국가들이었
다. 그 흔들리지 않는 「주」의, 주춧돌은 어디서 나왔을까? 태초에 선하
신 산토끼 여러분! '궁민'을 내려보지 마십사고, 힘없는 백성을 깔보지
들 마시라고, 죽고싶도록 보고싶어 오늘도 혼절하십니다. 주여! 주인이
시여! 우리 모두 주인이시여! 신경줄/ 한올마다/ 저려오는/ 우리/ 어머
니를/ 한시도/ 잊지 마시라고/ 올려 붙였건만/ 팔자소관이라며/ 범종내
기들/ 엉덩이 깐 짓으로/ 허송세월은/ 갔습니다. 잠자는 시신들만 즐비
하니, 하도 쏭망스러워, 다들 작대기 몸이나/ 아프지 않도록, 깨물려야
고수다고, 자연신이 쓰러져야/ 진실이 터진다고, 그날도 향불 올리고/
돼지머리 개팔아/ 처단케/ 하였건만/ 여기도 사기, 저기도 알검는 대사
기꾼들이 되고 말았습니다. "지렁찌렁!" 「믿을신 하나 없다」 잘해 보려
고들 하셨겠지. 빌미 준, 극보수가 누구신가? 사우스코리아만 우사스럽
게 되고 말았다. 어디로 갔느냐구? 안보면/ 보고/ 싶은/ 이 휘날리는/
눈꽃송이/ 같은/ 우리들/ 참한/ 넋이여!(당신은 어데서 뭘 했나요?) "쪽
조비~쪽조비비~"
 '어구우! 예쁘기도 해라!'
 '시민 여러분 광주도청 앞으로! 껍질 좋은 종교인들은 이불 덮으셨나'

34

선거철이 되면 도라지를 캔다

한 양푼이씩 무쳐 잡수시라고 농사꾼자식이라고 한 두 뿌리만~ 캐어도~ 좋아~ 춘천으로/ 정치1번지로/ 평양으로/북만주로/ 그 옆에옆에 묵히고 닫혀있는/ 동남아 산하로/ 어디메로/ 안찍어 주서도/ 좋으니/ 도라지판이라도/ 벌이자고/ 우리 딸딸이들이/ 조각배가/ 꾸러미가 깃발을 날렸다.(그 짝은 곧 도착할거요)

"야! 속씨원하던데, 그양반 머 졸업장 없다던데 최고야. 역시 뿌리는 뿌리대로 만나는가봐" 유세 후 장터에선 이러셨는데, 풋풋한 사람들 다 떨어졌다. 회청색 농꾼을 속으로는 좋아 하셨는데, 인간미 하나 끝내준다고 쑤근거리셨는데...(아니여! 세상이 변했어!)
"지지바! 찌찌바!"
"믿지마! 믿찌마!"
"광어야, 상어야, 방사능 물고기야, 머잖아, 현해탄 오가는 갈매기! 너마저..."

8부 능선 굴속에/너구리 새끼치던 곳에/ 머루보다 다래가 하늘을 뒤덮은 나무에/저들끼리 뭐라고 뭐라고/ 믿지마 새들이 오늘은 유서도 없이 울고 있다. 진물이 흐른다. 마른 목장갑 하나 더 준비할걸, 깨끗이 한 발짝 뒤에 죽음으로써 깨쳤다 하실 걸. "잘가시오. 가랑잎이 좀 젖어구려."

"가자미 뱅어 딸기 귤 한보따리 한보따리~ 에..."
"나여 나! '착좌식' 있던날에, 길바닥은 온통 허옇턴데, 몇푼 남겠다고.." "두 분 다 우리 오라버니셔요."

산림청이 사라져야 산림이 산다

녹는다. 저 바닷속 검은 잠수함은 반드시 엿치기 되고 만다. 손발로 걷는자 난징대학살, 나치와 일제만행, 팔레스타인, 이라크, 리비아, 아프간, 중동, 동유럽 살육 우크라이나 또 살육! 결코 못 잊는다. 저 사진, 저 참혹한 내 어머니 아니시더냐.

 과연 무엇으로 끝나야 내 잘못 길든 망아지 아들의 버릇도 고치고 아비의 손에서 몽둥이도 꺾어 불쌀개라고 하겠디야. 세상의 정상에 웃여성이 점령한들 꽃을 밟겠는가? 이제는 남자는 한 걸음 물러서야 한다. "맨날 지켜본다는 소리나 하고, 대장부들이 사실상, 편법을, 신분제를, 산불을, 꺼 보고도... 그처럼 어리석게도 산마루를 앞가슴을 깎아 내려 놓고 믿음을, 지금껏 헛기도로, 묻을 수 있는가? 각 나라마다 향기로운 시민단체 여러분이 피고 또 피시니, 응원의 박수를! 저 흰구름 건너 파도치는 박수를 보내지 않고는 이 알췸을 씁기가 좀 그렇다. 햇살을 마중하시며 벌목된 산하를 오가는 정 하나로 그나마 덮으시려는 초록초록생! 그대들 바위치! 제 넘어 꽃뻬리 동지들에게 건널 수 없는 사랑이 뻗어 간다."

"어머나! 토끼아씨! 왜 요즘 들어서요. 홀렁 벗으시고요. 배꼽 주위로 주

렁주렁 차고 다니시죠?'
"뭘?'
"땅가지에, 마디호박에, 타원형 오이에.. 또.."
"팔아주지도 않잖아! 씨벌!" (팔려간 굵은 나무)

인종차별 없는 곳으로, 나가 사시는 진실떵이를 찾아 갑시다. 가서 말좀
물어 보십시다. 멍멍탕인지, 매운탕인지, 인종청소인지, 총살형인지...
이마저 물려 놓았는데.. 왜? 물이 강물이 푸른솔이 죽게 되었는지만...?
무엇이 흘러 들었길래..?

큰 소나무
큰 참나무
큰 박날나무 청문회 요망

"아줌니! 왜 이래 무겁소. 보따리는 많고!" "개코나 돈이 안돼요, 물은 살는지 몰라도..."

식량위기!(내일 아침 강냉이 한 주먹이지만, 저 큰 날개, 큰 소리 새들에게 준다면...)

"인간들의 손재주가 보통이 아닐세"
저 닭과 오리들의 떼죽음으로 끝이 날까?(때론 집단으로 가두어 놓고 항생제 사료와 말씀과 법경을 때려 먹이지만 않았어도 돼지도 소도 인간도 미래 손도 우리 넓패들도...)

꽃이 아니다

재단된 사람의 손으로, 네오콘 교인의 기획으로, 도장 찍듯이, 눈부신 행사치레로/ 몸살나게/ 가지런히/ 떠 온 꽃은, 영상속에/ 떠 온 꽃은/ 꽃이/ 아니다. 오를수록/ 여인들의/ 목소린/ 잠기고/ 신빛은/ 쏠려 있고/ 저 지대/ 흐르는/ 눈빛은/ 맑으신 데도/ 인정없이/ 인심없이/ 오라가라/ 밀어라/ 붕붕/ 날아다니는/ 저따위/ 공룡 종교의 /탈을 / 쓴 놀이들은/ 모임들은/ 너그러운 님이/ 보셔도/ 꽃이/ 아니다. 두 번 다시/ 꽃이/ 아니다. 두메나/ 산천, 그토록 평화롭던 평상시/ 꽃이/ 아니시다.

법을 알거든

먼저 떡을 사라 출세하지마라
뜯겨라 맨발로 살아라
꽃으로 염해드려라 신명을 찾아라
이 땅에 사법고시는 울화통이 터진다.
100명대 뽑을 때 장난감이 3공의 희생자가 된다.
살인서열, 학력이 인격이었다.
껍데기를 거짓으로 도처에 아부하게 만들게 만든다. 반성한다.
수석합격할 친구가 진짜 실력이어 감사한다.
오락가락 한 동기다 왼손엔 돌멩이,
오직 땀으로 전의로 지겟꾼으로 산 게 스스로 자랑스럽다.
키운 아버지가 계셨더라면 고구려라고 말하자.

께구리 게임

나비는 날더러 나비같이 날 수 있으실 거라고, 새들도 날더러 새와 같이 날 수 있으실 거라고 말씀해 주셨다. 새의 마음이 되어 나비의 마음이 되어 얼마나 기뻤는지... 「유럽의회가 중국이 달라이라마와 문화말살을 접고 대화 안하면 올림픽 못간다」고, 88서울올림픽이 아니라, 당시 내림픽이 된 그 무수한 의문사 영혼들께서 이 밤도 앞 연못에서 수천 마리 와 울고 계신다.

올림픽을 통치수단화하므로 영구히 소멸시켜야 옳겠지만, 반환경적이지 않는다면 박수를 보낼까 하다가 샘에 나가 배터지게 세 바가지 퍼마셨다. 우선 목이 타니까. 여러분의 인권 개선 앞에 청수잔 기울이다. 조금 살맛이다. 이거야말로 '관샘보살!' '아멘아멘!' 이로소이다. 3.22. 비가 오려나 보다. 더 우렁차게 운다.

"쪼이오~ 쪼이오~ 째액~ 째액~ 뽀삐뽀삐~"

마음씨 착한 춘희는 지은 알밤으로 겨우내 군밤봉사를 한다. "아니, 탱자 한 알이랑, 두 한 알이랑, 생밤까지.. 손수 드린 걸.. 왜 버렸을까. 까기가 귀찮아서, 벌레가 지나가서.. 아니야. 하루하루 벌어먹는 고픔을 잊은 거야. 자격이 없써. 여긴, 봉급을 받는 복지기관 현장, 앞마당이 아닌가. 아니야. 굶주리는 어린이들.. 38선 넘으러 갔더래도.. 음, 윗물이 썩어 흐린 게 틀림없어"♪눈비가~ 날리면~ 한 알 한 알~ 주우시던~ 울 엄마가 그리워진다아~ 눈물이 난다아~~

터 윗까지 싹 도둑놈이래요. 왜 그런지 알아요. 뭘 나눠주라고 주잖아. 우린 근처만 반장 댁엔 한 20포씩 쌓아 놨어, 또 산불입산금지, 제 마누라 먼저 따고 캐고 맨 길 예를 들어 2억에 입찰가 먹을 놈인데 알려 주는 기라 한 5천 날아가, 안 받는데. 요즘 보라고, 지방유지 해외여행 다 그게 뭔 돈인 날 농업견학이라며 중로 두세 번 갔다 온, 뾰족한 촌 이장님, 회장님, 떠거리들도 많아. 특히, 미국.

오! 내 소중한 사람아, 파아란 잎들아, 쓰디 달콤 쌉싸름한 줄기야! 아리 아리한 몸뚱아! 저 세상을/ 향한/ 치솟는/ 분노가/ 얼마나/ 깊고/ 그윽 했길래/ 그토록/ 땅에/ 붙어/ 짜부라졌길래/ 북극남극/ 앞뜰까지/ 빙벽 아래서도/ 얼어/ 붙지 않고/ 피어날/ 수/ 있었더냐? 그대 훌쩍 떠나고 난 울고 말았지, 암.암.암… 산에 들에 암암이 꽃이 피었지. 옛정이 또 그리워, 오늘도 또 우리 동갑내기가, 친구가, 오누이가, 엄마가, 보고 보 고파서… 가난했어도 좋았던…

오막살이 선녀들은 산 넘어 연도 가시고 장지 가시고 하나 둘 눈물 속 에… 흙 꽃도 되시고.…

맞아! 전기 없이도 더 밝고 더 잘 들리고 더 따뜻했던 물방앗간 둔덕에 꽃피던… 산도라 물도라 아리아리~ 그 시절 도라지 사랑이/ 저 꽃 따라/ 벌 따라/ 나비 따라/ 쏘이고/ 얼어/ 터지고/ 꼬잡히며/ 뭉글리며/ 쫓아 다니던/ 나와/ 너의/ 혼잎/ 혼자/ 무쳐먹자니, 쌈싸먹자니… 아! 봄나물 나물 그대! 향 가슴은 막막막 터져 나가뿌고… "어무이요! 어짜만 좋겠 능교. 봄이오면 한없는 그리움으로 끝나고 마는 것인가요?" "야야! 안 말또 말고 그냥 슬쩍 대처먹고 말아라! 숨은 죽이지 말고… 떨그럭 ~ 떡!" (애이씨이~)

너, 매콤한 달래야~아!
너, 향콤한 냉이야~아!
너, 쌉씨름한 민들레야! 사랑한다아~

오! 그대 이토록 잎잎이 향긋한 위로일 수 없다면, 또 다른 신향을 받들 수 없다면,

「나」의 나를 떠난 존재가치가 없는 삶!
밤이나 낮이나, 사시사철, 이 세상 끝까지, 그날그날 피어날 수 없는 꽃!

"생거름 저 가거라." (서해안 철새떼, 해미성지)

사발사발 비옵나니,
나 비록 버림받은 산 씀바귀 서푼어치 남자일망정! ♫시키지 않으셔도~
신성하신 흰 즙액을 받들어서라도 저 우짖는 새소리~ 따라~ 꼬옥 꼭~
껴안아~ 드릴 것을……
단 한번이라도 그 그림책에 박힌 「죄의식」 없이, 오로지 인간으로, 자연
이대로의 인간성으로, 해맑은 저 물소리로, 마지막/ 병자이신/ 그대들
에게, 저 풀 같으신/ 넋들께/ 가서/ 매 맞는/ 일이/ 있어도/ 님의/ 풀 향
한/ 온 가슴 젖멍울에/ 뛰어들어/ 얼싸안아/ 드릴 것을… 부둥켜 안고
다함께 날아갈 것을… (세월은 다시 흘러)

♪내 님도~ 나를~ 찾으시겠지이~ 다 벗어던진~ 그날 혼백도~ 님을

지게

양어깨가 꽉 눌려
근육이 다 터지고
온 마디마디가 난리다

기름, 가스, 석탄, 목탄, 전쟁 무기
소멸 불가능한 너를 질만큼 지고 가야
맑은 행성이 연초록빛 이파리로 피어나리

다 부러지고 너덜너덜한 몸뚱이지만
지구의 무게, 인류의 몸통만큼만이라도
기분 좋게 지고 일어날 수 있기를

고맙다 힘난다

충청도 양반도 친구 하자

다시 한 번
물이 고이고 스미듯이
눈이 날리고 꽃보라가 치듯이
친구 하자

박하 향 연보랏빛 꽃송이를
떨어진 꽃가지가 감싸 주듯이
휘어진 나무에 어린 개구리가 모여들듯이
매미가 어느덧 스스로 날개를 뒤집지 못하듯이

향기 찬 바람이 못다 한
사랑을 몰고 가듯이
친구 하자
(세렝게티 동무들도)

웃고 있다

웃고 있다
해가 지면 사르륵 사르륵
기어 나오는 산가재가
얼지 않는 연못에서
뛰어나와 눈만 멀뚱거리는 산개구리들이

풀썩 풀썩 거리며
밭 뚝을 쑤시며 뭔가 물고 늘어지는
송어들이 웃고 있다

노을 지는 돌산 아래 붓꽃 한 송이
그 철없이 핀 가슴에 샛노란 거미 한 마리가
이슬 젖은 연 자주 빛에 적적하나마 웃고 있다
고마워!

봄비가 내립니다. 소리 없이 눈이 녹은 눈물이 차지도 덥지도 않게 내립니다. 두드리는 잎새마다 봉글봉글 움트는 꽃잎마다 가슴에 스미는 흙내음이 흐뭇하기만 합니다. 야들아 니네들 개구리사촌들은 저토록 밤새워 우는 여동생들이 불쌍하지도 않느냐? 천하를 주고도 못 바꿀 성스런 가정의 복락을, 흐느끼는 봄의 소리를, 님께서 만드신 절기 마다 샘솟게 하신 그 사랑의 봄비~ 365일 봄비~ 천하 부활의 기쁨을, 못내 감추신 내 님이 인간적으로도 차마 눈물겹지 않느냐.

'임을 봐야 아이를 낳지' (수도원장)

보아라! 가시오가피, 송이, 심! 한발이 넘게 실뿌리 낙엽층 잔뿌리가 연연이 뻗어 내린 산도라지 산더덕의 진한 향기가 생사를 넘나들고 틀과 샘을 한껏 터뜨리시잖나. 아! 이런 날에 초록빛으로 넘쳐나시는 우리 어머님의 정을! 옆에 옆에 바로 옆에, 지금 이 봄비내리는 여인이 먼저.

미깨미! (나물 먹고 물 마셔도 천수를 누리며 님들께선 인상좋게 살다 가셨는디)

사랑하는 물매가족들이 찾아 오셨다. 너구리 오소리 삵이 넘봐다 보는 연못가에 파릇파릇 돋아나는 풀네들도 남몰래 밟혔다가 진한 풀향기로 정을 피우시는 곳에... 앞샘물이 빨래터를 넘쳐 흘러 재잘거리며 떠나시는 어떤 나그네 길이 있음으로... 언제나 마음은 아래 님의 콩밭에... 생명이 있는 니네들도 나도...(죽음을 넘는다)

새들이 먼저 인사하듯이, 먼저 눈 뜬 분이 눈을 실...듯이... (너울성 파도를 넘는다)

나같이 물딱이도 못되는 책들 때문인지, 왜그래 표지 타들어가는 독가스가 숨을 못 쉬게 하는지...(메탄가스는 쓰임새가 많다는데)

파릇파릇 노릇노릇 움트는 솔잎, 따먹고 싶은 높은 가지 너머로, 능선을 넘어, 굽이 굽이 쪽빛 강물이 흘러 갑니다. 아! 새파란 하늘에 초록빛 물결마다 그리운 가슴이...보고픈 얼굴로... 살아오시는 님아 우리님아! 날 좀 일으켜 주시구려, 참낭 벗낭 뽕낭 박달낭 물먹은낭이 이렇게 무거울 줄이야. 옴싹달싹도 않으니, 오늘 어디서 쉬다 갈거나, 「물」의 날에, (당신이 가르쳐 주신 그 사랑의 끝날에)

바다 건너 부처바위에도
민주화 꽃이 핀다.

풀 향기,
흙 내음이,
바로 부활!

돌려드려요

신도 돌려드려요
엉뚱한 공부땜에 망했어요
인간이 뭐 잘났다고
내 해골 하나, 손을 빌려요
풀목걸이가 즐거워요
소, 순록, 양에게도 눈물이 있어요
물고기님도 눈동자가 있어요
한두 끼니외엔 다 돌려드려요
중고등 때부터 성직, 의료봉사, 돌봄보람 찾아요
W-정이지, K-정은 아니래요
핵무기 폐기하는 고물장수래요
따뜻한 엄마의 목소리가 으뜸 평화래요
까불지들 말아요

자연인

연초록 대자연이신
우리 물과 공기가 맑고 향기로우셔라
맨 발에 흙을 받듭니다
숲과 바다를 모십니다
꽃과 나비, 새들은
모든 생명체의 가슴이 아니겠습니까?
알곡 농사와 자연 농사로 굶주림이 없기를.

손

우주의 손
신선의 손
보듬어 주시는 손
젖 물리던 손
마음과 마음의 손
기후 변화를 없애는 연둣빛 손
하늘의 손이여!
(수고하셨습니다 여러분)

재두루미

우리 누님
잿빛 머리 천 두르고
회색 긴 옷을 입은
수도 수행 중인 호감 어린 이슬람 여인 닮으셨다

천안문 꽃다발 인민 압살군처럼
해방은 어디 가고
독재 중의 독재 중인 것 같다
위구르, 신장 종으로 부려 먹어라
나서라 지배 세력을 쳐라

지금이 어느 시댄데
순종, 침묵을 말하는가

날아라 재두루미여!
하늘 저 멀리 아무르 강으로
히말라야 너머로
DMZ를 끊고서!

그대! 죽음은 아름다운 것이라 합시다. 여기 우리 친구가 남긴 꽃들이/ 망울진 가지아래/ 지난 가을 내내 향긋하게 썩어가는 쑥대궁 다발위로/ 당신의 옷거름을/ 말리시며/ 내 혼을! 네 혼을! 빼앗기며, 진정! 허약한 그 강물에서 맑은 물로, 돌려 드릴 수 있겠나이까? 오늘도 꿀 비를 단비를 내리심은 우리 고통 속에 어머님을 먼저 생각하사 어릴 적 즐거움에 젖게 하십니다. 예! 젖 내음 날리는 고마운 흙에 흠뻑 젖어듭니다. 이 순간 「나」는 없습니다. 뒷걸음치는 「죽음」은 없습니다. 되묻곤 합니다. 당신께서 하고 싶어서 하신 일이 어찌하여 고행인가요. 순례인가요. 십자가 길이신가요. 그 숲을 주시고도/ 그 품속을 보시고도/ 365일 「물」의 생기를/ 생명을/ 주시고도/ 우리 영혼들의 목마름을/ 아시고도/ 저 높고 낮은 전선마다, 신의 뜰마다, 갖은 법규들마다, 저 많은 석고상 아래 「품의 없는 신분」은/ 무조건/ 흐르지 않게 하심은/ 어인 일이옵니까? 우웅! 우웅! 「사회적 윤리」가 무엇입니까? 그 알록달록한 믿음의 자원을 버려야 생기는 것이 아닌 가요. (이 대자연의 마지막 울부짖음을)

대포 한 잔이라도 팔려면 일찍이 노는 날이 어딨는가? 장이 돌아가자 배야지들이 불러 가지고서… 보름에 문 안 닫으면 머이 또 끊는데요. 비와도 농삿꾼이요. 눈이 와도 동사꾼이 아니요. 님은 속으로 욕설을 삼켰다. 왠지 이날만은… 허! 쪽박 찬 짐 삿갓! 한 잔 걸치긴 해도 속이 씨리씨리 하신가보다. (바른 소리 선생님들 쫓아내던 날)

「향기」를 맡을 수 없는 「영상물」! 저것이 이 시대 「감추인 신」, 「우주미아」의 무곡이렸다.
(조심하께요)

기후변화

하늘 쳐다보고 웃는다. 이빨이 그토록 하얗고 고르게 생겼는지 몰랐다. 우리들은 풀잎에 풀 향기를 오래도록 되새김하면서 살아간답니다. 말 강아지 암컷이 가랑이를 벌리자 쫓아가 씨 하는데 맛보고는 다시 하늘 쳐다보고 웃으신다. 오라! 자연이 인간보다 '정직'한지 몰라. 「간편한 선택. 다양한 정보」의 허상을… 저 허위, 저 경쟁적 신들과 저들의 불신의 근원을 찾을 수 있다면… (역진화론도, 역창조론도… 혹시나!?)

아름다운 발자욱이다. 가만, 눈길 따라 참나무 사이 모가지가 이쯤 들고 지나가겠지. 걸리겠는데, "네 이놈! 너야말로 살생기에, 이중적 심보에." 솔위 눈뭉치가 펍썩! 우리하게도 본 얼굴을 때리신다.

저 옴방산 기슭에, 그날 헬기로 뿌린 「영양제」에, 나뒹구는 토봉을 따라가신 김한익 어르신의 묘 한 장이 보인다. 어야! 자연의 첨병아! 이제 인간들의 저 허울 좋은 「책임과 가치론」, 머잖아 거두어 줄거야. 은혜를 갚아 드릴거야. 너네 양봉이 말벌이 땡

뱀같이 움직입니다. 한 뼘 길이. 손마디 넓이. 나무 빛. 막대기 같습니다. 두 눈이 두 귀가 두입이 솟았다 꺼졌다 합니다. ♪우물가~ 달궁 샘터에는~ 진득 하얀~ 섬 달팽이가~

"신랑 댁에 가는데 죽는 줄 알았어요. 봉우재 솔밭 길에 하늘이 보여야지요."

그렇소. 님 따라 가는 길, 이 땅은 나무, 나무 신으로 관음 송들로 하늘을 볼 수 없었을 만큼 꽉 차 있었소. 당해 보지 않는 후손들은 모르오. '천왕' 만큼 더 겁먹은 서구신이 전쟁광란으로 우릴 내몰았다. 꼴은 지식인이다. 선견지명 있는 종교인이었다. 저들은 책임을 떠넘기기에, 아니 숨기기에 바빴다. 밑둥을 건드리자 거기에 매달린 꽃가루와 나비와 크고 작은 곤충들이 날아갈 여지도 없이 선조 상 식기까지 받치게 했다. 천하 모정에 총질 칼질을 해댔다. 「조종사분들」의 증언기록이 또다시 절실하다. 뼈가지도, 지금도 울며 나르는 저 뼈 혼도, 못 추리시고 저 강 백두루미도, 저 산 재두루미도, 모질게도 버텨 오신 고을고을, 춤과 춤의 여신들마저 씨를 말리며 천하고혼 잉태의 샘물은 말라 죽어 갔다. 어딜 가나 엎드리면 마실 수 있는 생명의 젖줄은 돌아 서셨다. 용솟음치던 대장부는 가고 없으시다. (살피옵소서! 헹구어 다시 떠 올리나이다. 더 양심적인 선배님들이, 따뜻한 친구들이 앞 세상에 많이 계시므로)

너울너울 백두루미 날아오르신다. 향기로우신 꽃다발들이시다. 불의가 있는 곳에 이 땅에 민가협!, 민주화운동실천가족협의회 어머님들이 계신다. 그대 아시는가?

눈 부릅뜨고 떠도시는 영혼들, 눈 감지 못하고 하늘 우러러 흙 앞에 진실하지 못한 자들 위하여 눈물로 지새신다. 그날의 중남미 어머니들처럼 자신을 원망하는 사람들에게 꽃을 건네주신다. 우리 모두에게 무진장! 사랑 많으신 어머님들이시다. 참으로 아름다우신 인권활동가에, 님의 장한 딸들이시다. 진실을 찾아가는 평화와 진보의 선두에 서 계신다.

2.28. 오늘은. 아! 3. 15 부정선거, 4. 19 혁명으로 분출된 대선배 제현의 핏빛 봄눈이 녹아가는 대구 마산 길모퉁이에 서서, 강냉이가루 받아 들고 멍하니 바라보던, 그 족벌들, 일제침탈에도 성직의 대열에 끼어들어, 그들 신만의 배때기를 채우고 유학 보내고 출세가도를 손에 흙 한 번 바르지 않고 달려온 이중적 양심가, 그 자제 그 종교사학가들을 바로 이끌어 내지 못하고 저 대형부정부패집단처럼 눈감아주라 한다. 그러나, 서로 놀라서 다시 다이빙 하려는 뻘건 개구리 뒤집히는 연못가를 저 플루토늄식,「새성장산업차」로 콱 밟아 창자 튀어나오고 눈까리 혀바닥 터

지는 즉살의 순간을 저지르려 하는데, "이 사람아 자들이 무슨 죄가 있나? 윗물이 썩었는데 윗대가리들이 다 도둑놈들이나 마찬가진데" 어쩔하다. 거름지게 김 오른다. 그래도 또 하나 깨우쳐 주시리라 믿고 오늘은 깨진 옹기를 추스러 맑은 물 담아서 넙죽 엎드려 본다. 무엇보다, 소리 없이 자결하신 노동자 농부님들! 열사 분들! 아! 얼마나 고통스러웠을까! 여기 작지만 이 질그릇이 당신의 눈물어린 청수 잔! 이 머구! 봄눈 녹은 물로나마 한잔 받아 주십시오. "잘못 했습니다." 잘은 모르지만 조상님요! 우리 친척! 우리 아버지! 어쨌든 잘못했심니데이! "예예! 여기부터 크게 잘못했습니더." (용, 용서를 구합니다요)

♪도오~ 라아~ 지이~ 도오라아지이~ 이이~
시임시임~ 사안처언에~ 저엇또오라아지이~ (아이고 참)

"싸~ 아~ 라앙~ 해요~ 요~ 부정부패 가고 해킹 등 분명 반 자연 반 인류
적 행위가고~ 아이 펫 종류 가고 모성본능으로 돌아오는~"
"저어도오~ 요오~ 유일한 신적 자산인 대자연의 씨와 흙과 과일에서 건
강한 쓴맛, 단맛, 짖 맛 보시듯이~ 범인류적 공기~ 범생태성 물~
그대 진정한 '고사떡 생수' 가~ 길이 길이 흘러넘쳐~ 넘쳐~ 우리 새싹들
께서 ~ 평화통일로 가는~ 그날까지~" (판 떼기가 거칠수록)

따쿵~ 따쿵~ 쿵, 따따쿵~ 따쿵~ 청엉청~ 청청~ 청정쿵~ 바보오처어럼
사아라아꾼요~ ♪아~ 38선에 봄~ 꽃에 꽃피고~ 새들도~ 울고 넘는 우리
강산~ 옥향 눈향 위로~ 나그네새~ 청머리오리~ 날개치며~ 회색기러기~
떼 지어 날으시며~ ♪ ♪ (무관심이 막장근로자를 사지로 내몰고도)

68

빈부무한대격차

언제나 아래로 보지
위로는 안 봐

대가리 크고
손 발 고생 안한 게 어떻게 사람인가?
농민, 어민, 노동자가 제일 불쌍해요

잘난 여러분들이 빼앗아간
정!
수수한 정을 돌려주시오
(지구촌 큰 위기)

오!

오! 예쁘게도 폈다
진보라빛, 고개숙이꽃, 양지녘 메마른 황토길
온도가 2~3도씩 확 달라지는 언덕에
손마디 하나씩 쏟아 올라 길손을 반기신다
여러 꽃님들 이름이 머라 하셨드라?

도살자

이날 신들의 죽음은 찬란히 빛났고
축원 축성의 문 안엔 재물이 쌓여 갔지
어린 것의 죽임은 형체를 알아 볼 수 없었고
거룩한 무리는 장수를 누리고 있었네

하얀 나비로 날아와 날개만 살며시 건드리고 갔습니다. 어디서인지 날아온 노란나비가 폴랑폴랑! 이 땅은 유독 「일류학벌증상」「선두종교망상」을 꼭히 풍기며 원을 그리자 따라올라 사라졌습니다. 처음 보았습니다. 잠자리가 작은 날개를 꺾어내고 빠득빠득 씹는 것이 무엇인지를, 그리고 수평을 유지하면서 어쩌면 평등의식이 배어 더 진보적이시고 더 더 자유롭게 제비처럼 높이 더 아래 식구끼리 어울려 도는 사연을 머잖아 돌아갈 저 푸른 산하를! 이내 푸른 가슴을! 아! 때늦은 구원투수여!? (암만 케 봐라)

눈이 내리면 큰 새들은 모여든다. 배가 고프지 않아도 부엌문을 두드린다. 저들은 이미 이 세상에서 다 받았다. 왜? 폭설이 내려, 폭우가 쏟아져, 하늘이 막혀, 길이 보이지 않았으므로.

스스로를 재미삼아 기었던 사람들 모두 떠났다. 단, 「관」이는 조직적 살인에 눈 못 감고 있다.

비 맞고 일하는 사람들, 까마귀 우는 소리 듣기 좋아서, 곧게 오른 저 솔을 부러워하시겠는가?

무엇에 물렸길래 우리 집 바둑이 당나발이 되셨나?

눈이 가는 곳마다 꽃입니다.

초롱박이 쌍으로 매달렸습니다. 나눌 줄 알고 사랑할 줄 압니다.

아기 주먹만 한 돌배들이 부음을 알립니다.

누런 개구리와 푸른 메뚜기도 「휴전선」을 넘었습니다.
산처럼, 풀처럼, 흙처럼 살아온 여러 이웃 분들, 후회 할 일도 믿고 자시고 더 잘하고 더 못 할 일도 없으리.

햇살이 머물다 간 자리에 호두보다 긴 가래가 까뭇까뭇한 산초씨가 도라지씨가 희끗희끗한 참깨 씨와 더덕 씨와 어울려 익은 것은 태양초 아이들이었다. 제 3세계 빈곤의 악순환이 폭발에 이르렀다.

초 일류국가를 지향하는 이 나라도, 엎드려뻗쳐!, 진심으로 인사 할 줄도, 받을 줄도 모르는 저 거드름 피우는 공인이여! 오존층이여! 날이 그 날이 머잖았네!

고맙다. 배가 아플 때 「마른나무」를 썬다. 세상에 이보다 향기롭고 맛나는 과자가 또 있을까?

웃으면서~ 보내~ 마! (어차피 한번 왔다 간다. 저 불속에 내가 있다. 뭘 바라느냐? 이래서 노을 지는 곳마다 진거름이 구시다.)

언년이는 큰아빠와 오늘도 말총 뽑아 다람쥐와 논다. 해어진 보자기 풀어놓고 감꽃이랑 목화송이랑 목에 걸어 주랴 따먹으랴.
연 떨어져 휘날리던 능금나무 아래 논메기 펄쩍 뛰던 샛도랑 맑은 물에 뛰어 들어 버들붕어 미꾸라지 거머리 건져 올려 주시랴.

뒷서는 것이다. 오! 「하늘에 계신 부처님의 아버지」여! 「생고생을 해본 이들」에게 다음 세상에서는 「성스런 자리」를 맡기심이 옳을 줄 압니다. 신이여! 맥째 까탈스레 굴어 죄송하네요. 물론입니다. 백에 한두 분 계신 듯합니다. 이름난 종교일수록 쉽게 가려져 있을 따름입니다. 작지만, 인간의 정으로 봐 주시길 빕니다. 속으로 꿍하고 뒷소리 하는 분이야 오죽 많으시겠습니까? 이게 그분의 뜻과는 달리, 너무도 종파 간에 안타까와서 지금 웃통 벗고 하는 소리입니다 - 눈앞 송덕 산 노을은 뚝 떨어지고 찬 기운 도는데 -

빨래

빨래하지 말 것, 땀만 헹굴 것, 죽은 이들의 작업복도 못 다 입음. 태우지 말 것, 흙 풀에 절인 옷가지는 산 동무들도 눈비가 왔을 때 내치지 않았음. 끄으름이 송진이 달라붙는 씨앗들이 낙엽들이 껍떼기들이 아무래도 덜 해지게 하고 추위를 덜 타게 함으로 비누와 이불 개념이 사라졌음. 맑은 물이 거죽은 씨커멓지만 덮어 쓸 때 마다 향기로움. 그런데도 아무도 찾아오지 않음.

따라서, 찾아 갈 행색이 못됨. 이 점을 노렸음.

직종 : 농림어업 관련 단순직. 신사임당 묻은 실업급여는 퇴직 후 12개월이 지나면 받을 수 없음.

아버지 돌아가실 때 또 한 분이 따라 갔습니다. 알맞은 이름에 멋있는 이름에 희귀한 이름이 따라 가셨습니다. 긴 수염, 갓, 두루마기, 흰 고무신, 초가삼간 그리고, 깊이는 모르나, 여러 나라! 님 마중 나가셨습니다. 만 만년 우리들의 이웃, 우리들의 핏줄, 조상님! 신령님! 성황님! 칠성님! 용왕님! 산신님께서도 누누이 이 땅에 우리가슴, 모정의 산을 감돌아 잎잎이 돌돌이 물물이… 흘러 흘러서… 허나. 곡절 없이 순식간에 질러 가셨습니다. 그러기에 「우리아버지」 돌아 오시면.

정! 모두들 좋은 데서 만나시자고… 이 정안수 저녁에도 뜨겠습니다. 그리고 요즘처럼 나를 어려운 세상에 깊어지는 '60고려장' 생각에, 작지만 버팀목이 될 수 있을 것 같아서, 평소에 봐둔 곳으로 올라가, 저 꽃잎들처럼 부름 없이, 품앗이도 없이, 내 스스로/ 고목아래/ 산토끼 구멍처럼/ 얼굴 넓이용/ 돌 뚜껑을/ 덮게/ 해/ 주십시오. 예! 님과 같이, 더 이상 넘어갈/ 오솔길이/ 보이지 않습니다. 솔 송진/ 잣 송진이/ 흘러서/ 이 「약기」와 「악기」를 거더주시고/ 바로/ 눈앞/ 흙 향기, 낙엽 진/ 우리 어머님 위/ 진달래 동산에, 산도라지 꽃 마루에/ 지금 이 아래 위, 산양 똥/ 노루 똥처럼/ 구수하고/ 향기롭게, 저도/ 다 거름 진/ 용서/ 받아 주시옵고, 부디/ 님의 품에/ 다/ 그저/ 요 못난/ 똘바우놈/ 하나, 그저/ 울 엄마/ 품속에는/ 모자람이/ 모자람이/ 많더라도/ 따뜻이/ 품어/ 주시길/ 삼가/ 비/ 옵/ 니다.// (예~ 빌어~ 요.)

"씨 뿌려 봄 씨 뿌려 놓고 어느 정도 추수는 보고 와야지 이 사람아! 그때까지 있다 오게.

"어떻게 지내셨소?"
"올개도 재미 못 봤네!"
"이거 찍어 드셔 보게"
"고맙구만, 저기 물 돌아 갈까?"

"콩 털면 되겠다.
거미줄이야 거두면 되고, 발로 밟다가 서면,
나도 서고… 엇~~ 가볍네~!"
"핫핫하! 만삼형! 떡칠 때 날 또 부르오" (짝뚜깐에?)

연기가 센다.
간이 오두막집이 주저앉아 가는 지 너무 센다.
하늘같은 소쿠리에 땡비가 일어 나지 않는다.
돌아서면 묘요 비석이시다.

해바라기 신 굿

"자아! 청군! 먼저 무릎 꿇고 샅바 잡아!" 그러자, 백군은 좌우어깨를 번
갈아가며 가벼운 포옹을 한다. 이때, 주심은 깨달은 바 있어, 넙죽 두 분
께 큰절을 올린다. 이 순간, 산새들도, 물새들도, 바다 새들도 환호하면
서 날아올랐다. 이날 이후, 전쟁을 치러야 공장이 돌아가는 이들이 투덜
대긴 했으나, 각종 테러는 수그러 들어갔고 평화와 화해의 굿판도 순조
롭게 진행되어 갔다. 보아하니, 백군은 마호멧이요. 청군은 예수요. 주
심은 부처였다. (막걸리즘)

모두들 그 누구를 믿으시든 웃기만 하셨다. 향기로운 풀밭 가운데 한 삼
백년 잡수신 소나무를 우러르시며 어루만지시며 보듬기도 하시며 너그
럽고 너그러우신 청솔신을 바라보며 막걸리 한 말 한 사발씩 멀찌감치
둘레둘레 부으면서 우리네 황소도 먹이며 아줌니들 밥 말아 드시며 웃
기만 하셨다. 당신의 솔향기, 지금 이 세상에서 맡아 볼 수 있음에, 오오!
네 진정 위로 받을 자여! 예!

옛 노인 이르시길, 바람 불면 흙에 안기고 내려가다 고리 걸면 흐르는 대로 가다서고 가다서고 그러지 뭐, 하물며 어느 학자의 영역이 「멸망되었다」고, 「폐기되었다」고, 「문명이 퇴장하였다」고, 「위기에 위기를 맞았다」고, 하루 건너 밥숟가락 놓은 귀신이 없다. 떠넘기는 데는 이력이 났으니, 대안도 안 믿고 못 찾는다. 땅을 찾아가는 농민과 보따리꾼들이 어딜 가나 불쌍하다. 먹여주고도 밀려나니, 또한 눈물겹다.

호랑나비 한 마리가 보이다. 09. 4. 6 영상 19도, 작년보다 엿새 빨리 나타나다.
신령산, 1,100고지에 앉았다.

어느 격언집보다도 참말을 하였구려

모든 것 그토록 홀연히 다 버리고 오직 진실만을 따라 그곳에 묻혀 있었구려. 어서 그곳을 벗어나요. 아니 그곳이 더 아늑할지도 모르지… 자연으로 돌아가고파… 무궁무진한 풀씨와 거침없는 표현들은 생각 있는 이들이라면 무엇인가를 일깨워 주리라 믿어요. 돌다리 건너서 그를 보았을 때 낙서 속에 한말처럼 찜승같애, 그날의 대홍수 파키스탄, 브라질, 콜롬비아처럼 또 어딘가.. 맨발에, 덥수룩 수염, 걸레가 다 된 천들, 거지도 거지도… 그런 옷차림… 하여간, 향기 나는 그의 운명 앞에… 나는 맘을 더듬거린다.

'추운데 빨리 가서 불 때야지' 마음 아리다. 바쁘고 넉넉지 못해 주렵 들고 더 추워 보여 마음 아리다. "죽음이 내 앞에 와 있네요. 머물고 있네요." 이 진실을 안고 기거할 곳 없이 쫓기우던 그의 생활들이 얼마나 긴 세월이었나. 아픔이었나. 그런 그가 아직도 저 그늘 속에서 저런 상태로 헤어나지 못하나. 진실이 승리할 때는 어느 때인가? 그 배는 언제쯤 바로 뒤집어지려나… 그가 추구하는 저 도라지같은 진담, 자연을 아껴주는 그 나무, 우리 손주, 손녀가 옛이야기 나눌 풀포기 한 줄기에게도 사랑을 쏟는 그 마음을, 초롱초롱한 눈망울들을, 자비스런 님의 마음을, 내 어찌 사랑하지 않고 견딜소냐. 우리 죽어 뵙고 보니, 그의 얼굴, 어머니의 흙 눈 속에 진실이 보이는 것을⋯ 설원에 핀 샛노란 산 괴불주머니! 너희가 참! 망설여지네.」"예예! 바로, 여러분의 본래부터 맑으신 그 꽃마음이십니다." (여보! 이 휴지 같은 풍류 속에 지조만은 꺾지 말아 주세요. 저들의 근본악, 거짓 평화는 마냥 막질로 흘러가시더라도.)

(마리아 아줌마가)

좋은 거름

아픈 지구에 도움이 되기를
공기와 물이 맑아지기를
새가 되고 나무가 되고 꽃이 되어
사랑과 평화로 날아가고 피서
숲속에서 향기롭게 피어났으면
춤추며 먹고 자고 새끼 치며
채소 밑거름으로 흙을 살리고
어울리며 산 동무들과
어머니 대자연 품으로
가볍고 기쁘게 돌아가고 싶습니다
(도와주세요)

물방개와 풀쇄기

"앗 따가!"
상큼한 풀잎을 먹고
동네 머슴이 되어주는
청잣빛 총각, 수평선 길잡이,
이름값을 하는 도덕경,
탁류를 푸르게 하는 파수꾼,
물방개가 어질고 착하도다
사랑한다

반성문

소를 팔면서 눈물을 보았다
놀란 가슴에 태아를 끊었다
양, 염소, 개, 토끼, 오소리, 너구리,
고라니를 잡아주고 먹었다
좋은데 가시라고 기도했으나
아무래도 난 위선자 같다
젊은 시절 큰 죄를 저질렀다
두고두고 참회한다
자연 소식이 지구의 희망이다
(재미 삼은 낚시)

법과 원칙

아니야!
〈정과 자연〉이네
하늘과 물 그리고 흙의 진리일세

인간이 만든 졸법에
악이 더 깊어진거야
확 뒤짚어야 해

신이 없는데 가상이 지배하네
인간의 눈물과 양심을 받들어야 해
굶주린 세상 아래
법 논리는 거절이지
사기꾼 아니면 순 도둑놈들이라고

자연심이 신명을 울려야 해

어떤 유언

하늘 아래
모든 생은
평등하다

눈물과 평화의 오두막
카톨릭 존중한다
흙의 정의를 가르쳐 주셨다

그러나 높은 조직은 틀렸다
요한을 돌려드린다
사람들은 좋다
사랑한다

왜 참을 거부하냐고 묻는다
밥도 미안한데 사치이기 때문이다
지구를 뜨겁게 하는 에너지, 화기를 멀리한다
문제는 귀저기가 생긴다는 것이다
생이 다하는 데 까지 따뜻한 손길에 감사한다
늘 미안하고 고마울 따름이다

개 복숭 가지 무거우시다.
노오란 보리 익어 가신다.

"평소에 착한 일 해야 고사리가 보인다는데 밟고
있었으니, 송이처럼 심처럼 내 심장처럼
나의 나의 이 돌밭같은 무딘 마음처럼…"

죽어서야 만나는 꽃! 그대는 바람꽃! 산마루 눈 녹이시며 피는 꽃! 요만한 기, 방글방글! 하늘하늘 웃는 꽃이오니 캐가지 말아요. 이대로 살게해 주세요. 바람 따라 옛 정 따라 그 사랑 따라 그 자리 펴시어 돌이끼에 닿게로, 그냥 날아가게 해 주시면 아니 되겠습니까요. 꽃씨 하나 그대 봄 가슴에 얹혀, 훨훨! 날아가오리다. 오늘도 봄 마음속에 피어난 우리 어머니! 당신을 내 진정 님이라, 님이라, 부르게 하소서. 땀이 흐르면 웃통을 벗으라 하시네. 개미가 기어 오르고, 나비가 긴 대롱으로 콕콕콕 소금기인지 찍어서 감아올리고, 날다 가만히 공중에 정지해 있는 벌 비슷한 날개들이 모여 드시고, 날개를 아주 편히 내린 채로 움직이는 않는 잠자리가, 솔새가 팔등 손등에서 날아가질 않으신다. 이때였다. 쇠 가루가 날았다. 총소리가 들린다. 시멘트가 깔린다. 저 「굉장한 신」이, 그 낯짝에 또 철판 깐 신들이 몰랐는지? 알고 있었는지? (이제는 자신의 자신의 신성스런 건강만 생각하자며) 땅을 갈라놓고 얼음을 녹여가며, 3백년을 하루같이 울음바다를 이루고 있는 것이다. 이건 씨도라지가 봐도 분명코 잘못 됐다. 그 양반이 진화되지 않는 허상이지 않고서야 저토록 살기어린 교육에 참사를 모른 체 보고 있겠는가. 야 이반 귀머거리들아! 「다시 대자연으로 돌아가라!」 하시잖나. 화사한 송화가루가 당신과 나의 이 꽃의 가슴마다 빗물이 흐르는 오늘, 우리 앞에/ 찾아온/ 죽음을/ 또/ 한번/ 맑은/ 물/ 한잔/ 떠/ 놓고/ 넘어/ 어디로/ 가라꼬 그러시기에/ 날개들마다/ 잠시나마/ 서로/ 쳐다봐 주고/ 그대 수류탄 팔이나마/ 쉬게 해주시기로/ 하셨다지만, 여보게 벚꽃 나그네! 쉬는 게 무엇인가? 이 세상 쉼터가 있었는가? 틀렸네.

곳곳에 저기 저 아련한 바람꽃님을/ 더 넓은 쌀통들을/ 탱크로/ 고층 탑으로/ 짓밟아/ 버리질 않았나/ 말이요. 우리 내일 돌아갈 물에/ 그 흙을/ 버리신 건/ 혹시, 아무개 「우리님」이, 「나만의 천하폐하」가, 「우리만이 간택된 백성」들이, 「허장성세 지식분자」들이, 「나!」 바로 나, 아니신가 하오. 뭐? 지금 한바꾸 돌아와 있다꼬? 여보게 친구! 나 같은 바람개비야. 보다시피, 뿔끼리 등날이 섰는가? 새 순 새 잎이 윤기를 뿜는가?

온실 가스

뿍떼기 모임이 뜨자
왜 환경딱지, 농약상, 비닐상,
비료공장이 문 닫을까

일류 층, 중증환자 돌봄 봉사하시라

'가지'라고 별명인지 속 소리를 던지는 것을, 늦게나마 느낀 바, 지금 부터 그 여러 가지 짓을

재미삼아 한번 펼쳐 봄으로써 「나」같은 '여러 가지 생'이 다시없기를 바란다. 이 순간 홍이 돈다. 엎드렸다. 오랜만에 흙이 드러났다. 검은 낙엽이 되었다. 무릎 꿇고 두 손에 한줌 모아 코끝에 댄다.

향이 돈다. 나무가 된다. 나무로 죽어 간다. 얼마나 흥겨운지 모른다.

다시는 '이름 짓지 않는 꽃'으로 태어나고 싶다. 꺼지기 전 마지막 이 야길 적어두고 싶다.

"털고 가거라"

"내 앞에서 털고 가거라"

「통 못 만나 본, 도」와 「소외된, 도」를 일으켜 주어라! 얼마나 많은 생명 들이 제 명에 못살다 갔느냐! 이념 간, 종파 간, 부족 간, 빈부 간, 「개죽

음」보다 못한 삶을 살다 갔느냐!

이렇게 쓰다 달다 내치는 소리가 정말 있었소이다. 앞으로 우리 내 쓴 고백을 씻어 주시어 부디 총기 없는 세상!, 이 야생 조수류가 놀라 뛰지 않아도 되는 「우리 강산에도 만세!」로 어서 돌아가 이 무차별 욕됨도, 말 못할 아픔도, 저 신으로부터 「너무 무시당해 머리가 비상한 사람들」도, '저열한 반민족 정서'도 이 흩날지는/ 눈가루같이/ 봄빛에/ 촉촉이 / 녹아서/ 이 마른/ 대지를, 갈수록 벌어지는/ 실제 속은/ 가난뱅이인, 몇몇 선진국인, 「나」를

12.12 서부활극 저질쿠테타
전지전능한 아들은 답하라 김추기경 후회

"최선을 다하지 않겠습니다."
이렇게 노란 옷 입은 자들이 솔직히 말하시라.
연금 폐지한다.

무엇이 달라졌지?
무엇이 좋아졌지?
첫째, 배운 것이 헛 것같아!
둘째, 믿는 것이 헛 짐같아!

아버지는 총대를 어깨에 대고 아들은 무릎에 대고 김밥을 먹는다.

먹고 싶어 빙빙 도는 사냥개들을 보고 아들은 돌은 던졌고 아비는 손바닥에 놓고 먹였다.

별안간에 피 맛을 보고 8부 능선으로 쫓겨 온 일단의 멧돼지와 물고 떠받치는 대 혈투 속에,

영문도 모르게 날아온 총탄에, 뒹구는 시체는 모두 9구였다. 음! 여기 「깔끔한 마무리」는 신의 가호 하에 이루어지는 것인가? 여기서도 배때지들이 불러 '나는 괜찮겠지, 나만은 좋은데 가겠지. 피가 피를 불러도 나하곤 무슨 관계가 있냐고!, 오늘에 이른 것일까? 아니면, 「개발」에 걸어 차여버린 김밥이 아들의 총구, 자물쇠를 풀 시간을 주지 않았던 것일까? 하늘로 향한 아버지 총구멍보다 무거웠을까? 아니면, 어떤 재미를 빌려, 오늘같이/ 예상 못한/ 기아선상에/ 긴장관계에/ 자만극에/ 스스로/ 솔직한/ 고백을/ 위하여, 님께서 핵보다 '가벼운 가슴부터 거더오라' 고 심부름 시키신 것일까?

연당 가에 핏빛 찔레 숲이 흔들렸습니다.

'야생짐승들' 도 이처럼 목숨 걸고 하루하루 연명하는데, 국록을 받아/ 공손하신/ 숨은 일들이/ 넘쳐 드라면/ 이 세상/ 서민들은/ 지금쯤, 휠

휠! 날게 해주시고도 남았을 것입니다.

이 세상에 태어난 것은 결코 복에 겨워, 복을 빌고자 온 게 아니야.

왜 산도라지 꽃들이 저만치 수수히 피었다가 지시겠는가? 왜서 작두당이 고구려 지에 떠야만 살판이 나겠는가 말이다. 야, 이 때려 안 죽일 동무들아! "야야! 우리 토끼 때님, 참는 척 하는 것 보니, 아무래도 된 일이 나겠는데. 숨어! 빨랑! 토껴토껴!"

소녀상은 알고 있다.
염주, 묵주 돌리는 어머니의 마음을
부엉이 바위도 천심을 알고 있다.
팔레스타인 눈물겨운 저하늘에도
총기규제 공화주의도 자연심을

꽃가루는 분별없이 날리는데
벌, 나비 시도 때도 없이 춤을 추는데
이것이 호강이 아니고 무엇인가요
(죄송합니다)

반온실효과

연초록 나비야!
네가 참 부럽다

지게꾼

나는 지게꾼으로 다시 태어났다
나신이 되어 나무를 진다
향기가 넘쳐흐른다
새들의 우는 소리 조금 알아듣는다

물을 으뜸 신으로 모셨다
흙을 어머니로 살폈다
나무를 아버지로 삼가 받들었다
(회다지 소리에도)

아 인정이 무엇인지
두루 감사드립니다
물 맑고 사람 좋으신 여러분께 떠올립니다
한 가슴 벅차 안고 넉넉히 엎드려봅니다

흘린 만큼
진취적 가치 있는
인간답게
흑염소답게
뿔뿔이
치고 받으면서
"우르릉 ~ 우르릉! 쏴~ 아~ 악~"

끝문장

향기로운 뿌리처럼
사랑과 평화가 넘치는
여성의 목소리가
마지막 지구를 살리신다
(전쟁은 없었을 것을 남자는 밭갈이로)

유언

소쿠리 채 이대로 날고 싶네
솔 아래 잠들고 싶어라
장기 기증 및 이식, 그리고 도라지 밭에
2021.02.19.

여러분!
참! 조오은 인연(因緣)이었습니다.

이상기온

2011. 올핸 또 늦춤.
삼 심는 것보다 더 아픈 것.
참깨. 들깨. 해바라기 5/7께 (잔설이 녹는 대로)
약혼. 무. 배추 5/12 (산나물 시작)
당근. 호박. 콩 5/18 (모내기)
도마도. 고추. 오이 5/20 (품앗이)
고구마. 수박. 참외. 5/25쯤 (오! 탄생 탄생 탄생)

2021.1.25. 죄스러운

가습기 살인
작두당이 울고 있다.

"석불암 열셋! 여기 목련화 다섯! 아우님! 이상이 없습니까?"
"예예! 형님! 오늘도 서로 즐거웁게 좋은일 많이 하십시다"
작년 가을에 케서 흙째 말려 두었던 손가락만한 홍당무들이 새빨갛게
빛이 난다. 말랑말랑! 깨물수록 단향이 돈다. 지 멋대로 굵고 짧게 빛
따라 흙 심 따라 자랐던 것이다. 네가 좋아, 붉은 피가 곧 잘 도나 봐! 쌀
농사까지 거덜 나기 전에 세계 곡창지대로 저 농장용 경 비행기장으로
이주하여 그곳에서.

비에 젖어 맛은 좀 없겠지만 빨간 딸기가 앞장섰습니다. 소리치는 찔레꽃이 뒷받쳐 주셨습니다. "상추쌈 더 드시지요." "언지 예!" 그게 아니었네. 지리산 빨갱이? 공산주의자? 어린 나도 어른도 그게 무슨 뜻인지? 짐 삿갓 어른! 답하시오! 엇~ 허! 이제 가해자가, 학살자가, 그 진실을 찾아 와야 해. 신께서 「처음 봤다」 는 분명히 놀라운 사실로 돌아가야 해 "억지로 밥 한술 뜨시는 어머니는 아버지 얼굴을 모르셔요."

저산 넘어 징소리 북소리 운다. 촛불 운다. (저는 이 예쁜 한국도자기, 보시기가 손에 잡힙니다. 이 하나만은/ 죄받아/ 죽어서/ 만날 때까지/ 떠올리고/ 싶습니다.)

"먹을 걸 사갖고 올라와!" "아라써어! 이 세상에 홀로 아닌 사람 손 들어봐요." 오늘은 남방개구리가 부뚜막까지 올라와, 눈만 멀뚱멀뚱! "토끼 언니! 불 좀 쬐도 돼요?" "…?"

뿍떼기 = 가난의 상징

아버지! 당신이 가까이 계셨더라도…

야! 나와라 나와! 노루새끼야. 저요? 변종 다람쥐예요! 아뿔싸! 목덜미만 빼꼼히 나무 등걸에서 나왔는데 천상 털빛이며… 아니, 노루 새끼가 곰 새끼를 낳았던가, 신세계를 굴렀다던가 세상에! 땅에는 연쇄살해범. 하늘에는 융단폭격범. 기록도 없던, 불전, 성서, 살람전, 태을전, 상몽전, 법화전, 그 그 먼 옛날, 새처럼 날으시던 평화로운 털빛은? (우리 어머님들).
(배추 된장국은 356일 먹어도 엄마의 맛)

몸집이 큰 하마가, 코끼리가, 우리 집 황소가, 물 한 말 더, 풀 한 포기 더, 먹는 게 자연의 이치 아닌가/ 그러므로 노래하며 세 불리는 큰 단체 일수록 대학류일수록 지금의 지구촌에선 사라지고 작아져야 할 으뜸 이유가 아닌가??

저들은 죽어도 빼앗아 먹었다고 아니할 것이기에… 빈국이란? 빈자란/ 실종신이란? 그런 후 급격히 다가오는 것은 무언가? (만약 유명신이 당했다면)

요양보호사, 간호사분들의 노고가 하늘에 닿네
밤새워 웃음으로 오늘 내일 하시는
어르신들을 껴안으시다니

그토록 붉은 꽈리 섶을 지나 백사 늪을 돌아 여기 긴 잠 여미시려 누운 풀길을 따라가니, 방금 9부 능선을 스쳐 가신 어느 어머니! 오! 한 자락 무명저고리여! 그 구좌읍 바닷가 겨울 뻘판밭에 움직일 수 있는 한 삼십여 명, 「심신장애인」 보듬어 주시려고 눈보라 쳐 오는데 쭉 추리닝 걸치고 검초록 보리밭으로 거름을 져내시며, 그 보름달빛으로, 그 자비로움 하나로, 고향 산천 돌아오신 도라지, 갯 도라지 꽃이시여! 허리가 펴지면 / 철망이 걷히면/ 소생이/ 길/ 물어/ 보리라. 후손이 없다 해도/ 그 자립심과/ 초기에는 외지인의 설움과/ 모든 신을/ 초월하신/ 오로지/ 만년/ 묵으신/ 이 땅의/ 부엌때기, 수수롭기가/ 한정 없으시고/ 그 누구를/ 믿던/ 크신 품에/ 그 수많은 장독으로/ 안아/ 주셨던/ 진정/ 촌/ 어머님! 「우리섬 보살님」/ 보은 댁의/ 제사와/ 핏줄/ 찾아/ 보리라.

고향으로 가자. 또 넘어가자. 저 겉포장 좋은 신, 저 포장 좋은 비료, 농약 없는 그 옛날 우리 잡초 어머님! 아! 흙 새의 고향이 어디 멘가. 죽지 말고 물러서지 말고 날아날아 살아 같이 가자. 요놈 오소리가 대낮에 걷고~ ♪자주달개비~ 차암 자유로 피는~ 도라지 꽃동산으로~ 어서 가자~ (하오나)

믿을수록 사람을 비켜본다. 못다 본 아버지와 구절구절 비교하기 때문이다. 이 점이 마음을 아프게 한다.

아버지! 강냉이가루 한줌에도 보시듯이, 고개방아 눈물방아!.. 우리 친구들 속 날개마저 파르르 떨게 하시나이까?

시골길에 개구리가 치인 비린내가 진동한다. 땅강아지는 핏물에 젖지 않고 잘도 건너갔다. 아버지를 받들어 놓고 우두머리가 패자부활전도 없이 절대 한판으로 눌러 장수하니까. 보이지 않는 정신적인 메뉴판까지 향락 판까지 피비린내 천지가 된 것이 아니냐? 가녀린 배를 땅에 붙이고 끌고 가다가다 치여 죽게 만드는 당신들은 땅이 꺼지는 것도 무너지는 것도 감을 잡지 못하는 신성이니까… (또, 잘못 봤나)

파와 달리 양파는 네다섯 가닥으로 피어났다. 점잖은 분께서도 하루같이 파아란 개혁을 그렸듯이, 드디어, 진화론이 득세 하는 유럽신만 어디 한 덩어리 꽃으로 자라겠습니까? (산돼지가 철사를 끊고 구렁에 떨어져 죽었다가 정신을 차리고 보니)

아버지! 저희가 찾아가야 할 당신의 맑은 물가에 흐르는 먹거린 무엇입니까?

홍당무 한 봉에 2천 냥, 프랑스산, '7월전에 심으면 추대 및 착색불량이 생길 수 있음' 좋다. 그것은 당신네 일반생각. 토양과 지대에 따라 발아율 70%? 발아 보증기간 1년? 오! 너희가 잡아먹은 「몬산토코리아, 종자가공센타」. 우리는 왜 토종 씨앗을 받을 수 없나? 간별한 산에 도라지, 더덕, 깨, 해바라기씨와 혹시나 해서 멋대로 100봉을 뿌렸는데 해가 갈수록 불안한 것은? 아! 그 옛날 그 씨앗 정! 심을 때는 즐거운데, 외규장각 도서 씨 너마저 이 바보농꾼을 되우 울리나 그래. (오! 돌아온 그날의 물까치는 아니 보이시고)

얼굴 언제 한번 보나? '천둥치고 지진 나고 바람 불면은…' 하늘나라! 우리 아버지의 그 실한 꽃잎에 언제쯤 실려 같이 떠나랴? (아이구! 세계 도처 도살된 「민족」이 다 머써요?)

비가 바드랭이가 춤을 출꺼야. (자동차 경기장이 다 뭐냐)

해 질 무렵, 쓰르라미 울면/ 누군가 다가와 괭이질로 장단 맞춰 위로하
시고/ 칡뿌리는 흙향기를 돋구고/ 당신의 드러나는 살결대로 걸게 하시
고/ 새 울면/ 바람 일면/ 낫을 놓게 하시고/ 어디쯤 가다 거름 되라 하시
고는/ 깨끗이 주고/ 가라 하시지만, 여보! 이 산하에 가축은, 나와 같이
사는 저 이들은 어찌 하란 말인가요? 오늘밤도 쓸쓸해 죽겠쏘. 아야! 풀
소리님아!
향 흙님아! 날 아무데나 눕혀 주시겠소. 중간허리 어디쯤 콱 밟아 펴 주
시겠소. 이 「터지는 고백」을 당신께선 안 좋아 하시리라. 저마다 「행복
의 샘」, 「눈물주머니」를 맹글어 놓지 않았으리라. 구로동 어느 지하방에
서 어린이 뜀틀로 한푼 두푼 모아 나누시며, 양, 오리, 토종닭 풀어주고
솥단지 거신, 영진이 아버지! 오! 온몸으로 항거하신 아드님과 같이… 이
땅에 앞장서 쓰러지신 노동자의 아버지!!

님이 보내실 때부터 겨드랑이가 거미줄같이 꾸맨 속적삼 하나! 아무리 땀으로 말해도 마지막 입고 갈 정이 매일 착 달라붙는다. 아! 이 세상 제일 씻기 힘든 옷이여, 꽃잎과 낙엽과 옥수수 속잎으로/ 씨우고/ 칡넝쿨로/ 엮어/ 붙여/ 쉬었어요. 가던 영혼들도 또 다시 깃들고 싶어 자꾸만 뒤돌아보게 하는 그대 청의 산! 너덜너덜한 무명 속저고리여! 매량 없어도 흙 땀에 절인 우리 달래/ 달랑/ 달롱/ 님네 그 숨결, 그 유품이었어요. 오! 갈라진 이 땅에 성한 곳 없으신 처녀지, 신의 꽃 나루여… 쪼선반도여!

누가 아나.

(신들의 천국인, 그 개인의 소유하는 이 땅에,

이 미래 지구에, 말간 샘은 없는 것 같아서)

에너지

눈이 있기에
잇몸이 있기에
손이 있기에
머리가 돌기에
아침 바나나 우유가 배에 길을 내기에
아침 햇살이 있기에
진초록 봄이 있기에
어제 꺾어준 솔가지가 있기에
오늘 하루 자연 에너지가 충전되네

더운 지구에 몹쓸 기력이 아니네
몸이 시원시원
근육이 상쾌
새들이 쌍쌍이 날더라
건초 향이 온 가슴에 날리더라
고마운 산, 봉화치 보러 가야지
꽃나무 다 잘 있겠지
깨끗한 거름이 되어야 할 텐데
씨돌이 사람 받아주시겠지

나비

우리는 날면서도
사람보다 더 작은 눈동자로
한없이 작은 가슴으로
그날의 생명을 찾아
그날의 마지막 밤을
맞이합니다.

평화를 내다 봅니다
땅을 보고 사는 뭇 생들이 저녁을 짓습니다
하늘을 날아 아침 먹이를 찾습니다
평화 통일의 꿈이 당신의 품 안에서 이루어집니다

소녀

소녀는 날아 올랐습니다
비구름 피어오르는 전설을 따라 갔습니다
백조가 되어 전 생애 엄마를 찾아 날아 떠나
갔습니다
단발 머리가 긴 머리 틀어 올리며
책가방, 도시락 펄렁거리며
어머니의 길을 떠났습니다

손톱 하나가 칼끝이 되어
울러 멘 자루에 구멍을 내게 해주심에
5리를 더 걷게 해 주었습니다

덜 뽑고 덜 열을 가해 가능하다면
자연 향 그대로! 수고스럽지만
여럿이 작은 병에 담아 주시길 바라면서
즐거운 땀을 무지무지 흘렸습니다

한 세상 다 흐르는 눈물 같아
흘러내리는 향기름 같아

오!

오! 따.뜻.한.
따.뜻.한. 밥.한.끼

어느 세상으로 가면..

도랑새

도랑새나 되시지요 하신다
물방개, 참종게, 고딩이, 갯버들, 미꾸라지나
또랑또랑 도랑도랑 흘러가시기를 바란다

자연적으로 웃음보가 터져 나온다 하신다
바로 당신의 새모습이 반짝이며
흐르시는 사후 세계도 새물! 새흙물! 이옵거늘

반짝이는 물풀님 따라서
저 모든 귀객과 어울리는 보라보라
보랏빛 오동잎 배를 띄우겠습니다

나는 나는
도랑, 또랑새이고 싶습니다

향기롭게 일어나 좋은 세상으로
날아가요. 서로서로

비나니!
우리 옛 그 할미꽃처럼
땅만 굽어보면서 살게 하소서
꽃이 꽃을 바라보실 때는
이미 꽃이 아니지 않습니까?

그대 요정께서는 꽃잎으로
흙 사랑으로 흘러가게 하소서

꽃가루는 분별없이 날리는데
벌나비 시도 없이
춤을 추는데
이것이 호곡이 아니고 무엇인가요

어느새 먹는 것이 신이요
드러내는 것이 인간이 되었어요 사실입니다

오! 따.뜻.한. 따.뜻.한. 죽.한.끼.

"들어가! 물고 들어가!" 몇 발짝 지나서 돌아보니, 굴 밖으로 던져 준 걸, 그대로 물고 삼키지도 않고 빤짝 빤짝… 뒷모습을 쳐다 보고 있었습니다. 나보다 낫다. (사람은 받고도 슝을 보는데)

"토끼 이모부도 아시듯이 우리 오빠가 법 없이도 사신 분이잖아요. 남싫은 소리 해요. 토끼 두목같이 아무 때나 욕을 해요"
"헛! 왜 날 물고 들어가우"
"등짝이고 어디고 시퍼렀트래요. 막내딸이 기도원에다가, 그만…"
"왜요?"
"맨 열두거리 마당, 무속인이라고요.
귀신 내 쫓는다고 그랬대요. 참 허무이 돌아가셨죠"

많지는 않지마는 20여종 민물고기 중에 땡볕에 약 한 시간 물 없이 살아남은 것은 탱슈와 모래무치였다. 아이들의 동의를 얻어 물로 돌아가시다.

'이웃'과 '사랑'과 '자비'를 말하기 전에 스스로 피눈물 삭이는 동네북인 거지부터 되시오. (강제 징용된 조선의 넋들께서 문득, 물 잔에…)

「아버지」가 계시다면 세상에 그 어떤 '출세'를 못하겠는가.

우리 부모님들, 당신이 먹지 않으시고 먼저 못 생을, 먼저 남을, 자연스럽게 거둬주셨기 때문에, 개구리밥처럼, 이즈음 종교 이전에, 인심이 메마르지 않았던 것이다. (에너지 자원요)

천둥친다. 우박이 쏟아졌다. 산 백합 향기 터져 나가시다. (09.7.5. 밤)

"선생님은 세상에 진실이 통한다고 믿으십니까?"

고추 잎 향기가 씽그럽다.
벼 포기는 벌어지고 옥수수 꼬리도 꽃폈다.
밝은 표정이시다. 내내 웃고 계신다.
(믿음을 넘어 순수성이 묻혀 있는 님께서)

그러므로 노래하고 세 불리는 큰 석탄층 단체일수록 지금의 지구촌에선 사라지고 작아져야 할 으뜸 이유가 아닐까.

저들은 죽어도 빼앗아 먹었다고 아니할 것이기에… 빈국이란? 빈자란? 실종신이란? 그런 후 급격히 다가오는 것은 무언가? 만약 「유명신」이 당했다면…

"상하이 룸파이, 젠자이 미타라시 당고, 사천 성 물만두" 이국만리 타 향이 아니라고 누가 말했나? 시집온 새악시들이 서로 모여 음식을 차렸다. 눈물겨워 노인네 몇 분이 쌈짓돈을 꺼내고 계신다. 그러나, 이웃가게 「한농연」, 먹음직스런 음식 다 차려 놓았으니, 거의 공짜 밥이나 다름없으니, 거리를 메우듯이 줄 서 있다. 무엇이 이토록 하늘과 땅만큼 차이를 두게 했을까? 그래! 무시해라! 지방유지 앞장서서 처먹고 차별의 선두에 서라! 너희 가진 자들 있는 자들 정보가 빠른 자들 땅 사고 건물사고 한숨짓다 자살한 농민의 부좃돈 몇 푼을 결과적으로 사기 쳐 빼먹는데, 한통속이 아닐 진대, 불꽃놀이에 열 올리고 어느 한 놈 그 꽁무원 때려잡자는 넘 없는가? 물론, 소리 없이 좋은 일 많이 한 줄, 지방 신문 등에 명함처럼 뻗어 있구나. 허나, 뒤로만 부글부글 끓고 있게 하는고? 독 짓는 거 채웠으면 배를 째야 지도자지. 짧게는 5, 6공이 잘 썩지 않았으니, 다 쫄딱 망해서 가자 그보면 모르나? 저 배운 놈들 대갓빠리부터 하루바삐 흙에 처박을 줄 모르고 눈까리까지 뻣뻣해! 꽃아재비 방망이를 들자. 점잖은 놈 다 뒤로 빠지고부터 잘난 놈들 코빽이도 보이지 않고 싹 외면 하는데도 그대 일등수사여! 뭘 그다지도 철떡 같이 믿는가. 「노장」은 앞에서 왔다리 갔다리 한다.

하늘 꽃이라 부른다

옛날엔 「둥지굿판」을 울릴수록 서로 이웃 간 가깝게 돼 갔어요"

그 즈음 여느 댁처럼 임 서방, 서 서방, 남 서방, 하 서방, 함 서방, 홍 서
방, 창밖 이웃사촌 마당은 늘 사람들이 북적거렸다. 멧돼지 잡아 왔다고,
풍물놀이 한판 논다고, 대장간 위 고목 아래 옻 치랴 떡판 치랴 지하 능
금창고 사다리 타고 오르내리며 인도 국광 홍옥상자 멍석에 골라 잡수
시랴. 술도가 불러 놓고 옆 샛강에 퍼덕이는 메기, 가물치, 먹붕어, 뱀장
어 조림하랴, 도리깨 돌아가랴, 항아린 퍼 주기 바쁘고 소달구지 옮겨 주
기 암만 바빠도 상여 나자 마당이 터지도록 모여 들었고 초가지붕 불나
니, 동네방네 양푼이, 함지박, 놋그릇에 두레박, 쌀바가지, 코고무신 짝
까지 줄줄이 서서 꺼 주고 대낮에 소도둑이 도망가다 미군 비행장 철조
망을 돌다, 돌다 퍼진 것을 담배 매상 하던 다리 밑에 벗겨 달아 놓고 찜
질하자, 약 발라 곱게 넘겨주던 고려장 마을 그 어르신네 그 양반들이셨
으니… 이 고을, 이 마실에서 뛰놀았던 아리따운 미스 심은 70년 초 섬
유공장에서 경리를 보았다. 언제나 미리 받아둔 한 가마이 목도장으로
이중장부에 찍은 세금과 임금을 빼돌리는 하수인 역에.. 양심상, 빈대가
우굴거리는 기숙사에서, 「맨날 콩나물국과 퍼석 밥이 웬 말이냐!」 떠들
었다가 미싱부로 쫓겨났다. 사장 아들, '어이 부사장'은 수영 후, 점심
시간에 식권 타러 줄 선 수백 명의 '여공'을 총무부 높은 난간에 콜라병
을 들고 올라서서, ㄲ윽 ㄲ윽! 트림을 하면서 굽어보고 있었다. 심양은
야간 작업시간 편칭기에 대신 일 봐 주다 손가락이 절단 되면서도 오빠
학비를 끝까지 대주어 '독사교수'가 되게 했고 회사는 중동바이어가 진

을 치면서 이 어린 소녀들의 피값으로 '숨은 재벌'이라 불리게 되었다. 늘 청솔 마음에 심지가 곧고 깊은 그녀는 일단, 한강의 기적론과 보릿고 개론에 치우친 소위 '유신교수' '독재 앞잡이' '통일주체 국민회의' 그 이웃에 이웃오빠들에게 30여년이 지난 오늘 「자아비판」은 몰라도 '성장 의 폐수'와 '삶의 질' 그리고 '공부벌레들'이 골짝마다 신체장애인의 심 정을 눈곱만치나 안다면, 함부로 저 샛강을 오염시킨 '펜템기 추진력' 이니 '전자놀이'니 천지간에 벌여 놓은 '부분 간 역동성'이니, 뒤에서 는, 종파 간 보신충과 악수하고 얼려 대니, 이 따위 주둥아리는 씨불대지 않았을 것이라고, 죽어도 아물지 않을 이 찢어진 가슴으로, 피눈물로 쓴 노동일지를 펴 보이며 가차 없이 스스로도 따져 들지 않을 수 없었던 것 이다.

자신이 곱게 싸웠던 것은 「내 양심」이었다고, 바로 「이중양심」이었으 며, 더구나 수십 수백억씩 「기부」하는 「눈먼 일류대학」 뒷 창/ 간식거리 는/ 곧/ 간이야/ 쓸개야/ 입질/ 좋은/ 사돈팔촌 같이, 손바닥 하얀/ 화장 장/ 밥통/ 채워주기에/ 유학보내기에/ 강줄기마저/ 거/ 인간이 하는 일 이 무엇인가요? 정복입니다. 신이 하시는 일이 무엇인가요? 상상할 수 없는 저주입니다. (말로만 사랑의 교회 : 특혜 대형 예배당 : 퉁뼈 장노 : 할미질빵 금빛절).

애밀다 성녀님! 아름답습니다. 아는 이, 모두가 참으로 마음 가득히 이렇게 부르고 싶어 하십니다. 지금쯤 맑은 공기, 맑은 물이 그립지 않으신지요? 오늘 지 마음대로 생긴 떡 호박과 잣 그리고 빨간 홍당무 이파리까지 어둠속에 손에 잡히는 대로 향기가 나는대로 담은 것은, 저희가 따뜻이 느껴지는, 신의 본체! 당신의 나라, 인도 산 참깨가 500g에 세상에 남길 것 다 남기고 붙일 것 다 붙여서 3500원이래요 글쎄! 모르긴 하오나, 아직도 저 겁나는 박물관식 대영제국의 지배 잔영이 남아있는 건가요? 그 이웃나라에서 한국에 온 화이트칼라 출신 여성 노동자의 저임은 뭐가 되겠습니까? 혹시, 「밑바닥 천민의법」으로 지으신 것은 아닌지요. 아니면, 외국인 노동자를 수입하여, 그곳 역시 또 다른 「불법 이민의 노예 상태」가 계속된 것은 아닌지요? 그들에게 몇 파운드의 금괴가 돌아가나요? 솔직히 「함께 한 알」을 깨물기 전에 절로 눈이 감기는 것은 왜일까요? 다 같은 농민의 피땀이 이토록 알뜰히 맺혀 있음은 무엇을 말씀하시는 것일까요? 어쩌면 「다 같이 죽든가 다 같이 살든가」 이것이야 말로 신이여! 진실로 도우소서! 저 커피 설탕 향료 아래 깔린 무수한 신전들처럼 착취를 뿌리 뽑아 주소서! 따라서, 우리가 마지막 「선교 아닌 선교지」로 떠나야 하는 곳은 어디이겠습니까? 당신은 이 속타는, 속타버린 사랑을 진짜 모르시는 겁니다. 이 나라에 '층층이 간디 정신'은 어디가고 겹겹이 빈부 격차는 고사하고 폭약은 돌아다니는데, 이 땅에 알 만한 사람들이, 공관기업이, 너무들 회회낙락거리고 있음이 틀림없습니다. 이만 서리가 내릴 것 같군요. 다행히 우리 생거와 썩었더니, 산새들이 참 맛있게 쫓아 먹고 있답니다.」 "예! 눈이 많이 옵니다."

샘이 말라가는 것은?
① 윗 산에 길을 닦았다.
② 상류에 별장을 지었다.
③ 때를 거르는 노인네 거처 앞에서 기름기 끼인 그릇소리를 내었기 때문이다.

다시금 고사리 한줌을 받아 들고 우셨답니다.
(언제나 시골출신, 우리들의 옛 어머님이셨거든요.)

"네 향기 넘치는 마음에 빈 잔은 어디 있느냐"

「청숫잔 맑은 물기도」는, 「동, 서양 신들」이 쳐들어오시기 전에, 만년은
하루같이 인정 하나로 살아오신 우리들 어머님, 아버님의 「물의 마음」
에 계셨느니라.

오! 그대는 목단 꽃! 맘껏 울어라! 토담집 울타리에 쓰러져 실컷 울었뿌
라! 그 품에 장맛을! 겹겹이 흐드러지시는 우리 어머님의 젖 향을! 돋구
시다 돋구시다, 아주 검붉은 처녀성 다 녹인 후, 모정의 핏덩이를 안고
돌아서거라!

낙엽을 뚫고 가는 고슴도치 나타남. 향긋한 두더지의 숨길에 씨앗이 떨어짐. 아름다운 유산 상속임. 숨 쉬는 흙을 만들어 준 크로바와 물풀들과 찔러대는 너구리들이 세를 확장하여 바람씨 한톨 뿌릴 못 내려도, 소농들의 자연초지가 웬만해선 고사되지 않는 것은 목이 타는 뙤약볕 채소밭에선 좋은 친구가 되었기 때문임. 도둑 놈 풀은 몽창 올라와 뽑아도 뽑아도 피를 보이지만 양떼들의 울타리가 되어 토끼도 소도 염소도 파아란 잎사귀를 넘나듦. 미워 할 수 없어서 민들레 당귀 삼지구엽초 익모초 고깔나물과 어울려 살아감. 개망초도 향이 있다고 그분께서 그때까지 순만 치라 함. (08. 7.19)

아! 저 황조롱이~~ 길게 울고 간다~「내~~ 못~~까아지~~ 살아~~주~
오!」
「내~~ 못~~ 까아지~~ 살아~~주~오!」

성냥 한통 5백원에 팔아 뺀대기 천원어치로 점심 때우시는 할머니가 뷔
페음식이 넘치는 행사에 엄연히 존재한다. (다 팔았을까?)
자연소식주의자
호랑이 여승
성수 스님,
늦봄 문목사님,
그리워!

안녕히 계십시오
고맙습니다

산에 살리라
방랑 김 삿갓
개나리 처녀

쌀벌레 건드리면 왜 죽은 체 할까? 약아빠진 인간들이 왜 놀다가 한곳에 떨어질까?

들장미는 담 넘어 넘치는데… 고기 짚어 넣은 창자는 싫다는데… 아~ 죽어서 어디로 가잔 말이냐? 그대 꽃나무에게 미안치도 않더냐. (내 씨가 리야)

고개든 뱀이 머리를 돌리자 사라진 것은? (성. 성. 성으로 무장된 신들이 비겁하니 까네)

길다란 벌레를 물고 가지위에 날아와 발가락 사이에 끼어서는 쪼아서 기절시킨 뒤 새끼에게 물고 가는 것은? (인간들의 신끼를 믿지 못하므로)

야들아! 저마다 고유한 사랑의 나래를 펼쳐 가거라.

「모여서는 사랑을 얘기하지 말아라. 불러들여 적선을 얘기하지 말아라. 서 있는 그 자리에서 흙 향기 물 향내 인간의 이 끝없는 향수를 안고 가야해. 오가며 어지르지 말고 앉은 자리 풀도 안 나게 하지들 말고」 (퇴끼어록, 3-1)

무엇이 있니, 없니, 그 무엇이 나이니 너이니 갔고 놀지 말자고 (다람쥐 세 마리는 뽕나무 벚나무 위에서 놀고 산토끼와 노루새낀 그 나무 아래 필요한 영양소인지, 허기를 때우는 것을)

아무리 춥고 배고파도 어디선가, 새가 울면 죽은 가슴도 따스해진답니다.

누구나 뼈를 묻는다. 뼛가루를 건진다. 어울려 지으셨던 흙 향기 속으로 희야 네 어머니 오셨다. 깨끗이 오셨다. 맑으시다. 돌부리 놀라지 않게 들썩이지 않고 소리 없이 네벌 째 고추 따다 오셨다. 이고 진이 많으시다. 그래서 세상은 팍팍하지 않나 보다. 감사한다. 오늘도 마른 꽃잎을 띠운다. "꽃상여 여기 두고 가! 암만케도 가실 것 같어, 접때 불 보는 거 끝나면 뭘 해먹고 살어" '우리 할마이만치 안 아픈데 없다' 시던 일용직 등겨 할아부지도……. (고향 가는 기름 없으셔도…….)

루이새와 탱자

너덜거리는 치맛자락에, 얼다 녹은 그녀의 맨 등발에 푸른 눈물은 끝없이 반짝이며 흘러 내려 저 아래 대서양으로, 눈보라에 묻혀 날아간 흐린 눈의 물은 저 태평양으로… 흘러 내려… 검은 흙물로… 여린 옛사랑의 파도를 타고 있다. 그분의 「바람직한 신성」은 여기에 흐르셨다. 오! 그대는 나의 진정한 은인! 은자의 꽃! 이룰 수 없는 연상의 연인! 이 못난 바우! 사과꼭지보다 젖꼭지를 찾아 떠난 추억의 강나루! 오오! 부활 또 부활! (난, 난 죽어뻐렸나이다.) 그날 이후, 우린 다시 날아갔다. "포르릉! 포르릉!"

「두 쌍의 동네 유지 자녀들 결혼식장에, 기름 한 방울 안 나는 나라에, 면 소재지가 막히도록 200여대가 들어찼다. 뜻밖에, 국수 값을 받아 챙겨 피붙이 없는 고아 아닌 고아들의 개미 한 마리 얼씬 않는 장례에, 객사에, 유치장, 교도소 내의 행불자 처리 등에 믿음까지, 표시 않고 나직이 돌린다는 뒷소문이, 어느 활동적인 며느리를 잘 만났는지 모르나, 정말! 산천이 떠나갈 듯 장쾌했다.」 (우리 향교 전교님, 기쁘신지, 두 번씩이나 노래하시다)

※ "야야! 나가 앞장 서" 촛불 안 키고 이 길을 다녔다. 니네 할머니는. 엄마도 어릴 때 빨래꺼릴 이고 여기로…
한겨울 아무리 추워도 얼지 않았다. 이 샘은 복이 쏟아졌다. 엄청 눈이 와도 가뭄이 타도 새들까지 혀를 적셨다. 그러니. 「샘을 그냥 샘으로」만 보아 넘기겠냐? " 야~! 후레쉬 꺼! 맑은 물 제자리로 흘러가시게…….."
(두번 째 종교극이란? 평화적인 핵개발이란?)

※ 아름답다. 어린이들의 목소리가 아름답다. 얼마만인가? 옛 님이 그리워 두메산골 옛 길을 달밤에 손에 손 잡고 걸어온 새댁들의 댕기 머리 치맛자락 뒷모습을 눈이 충혈되도록 동구 밖에서 내다보고 또 내다보았다. 무릇, 「천지창조」 이래 훌륭한 쌍둥이, 신의 큰 어머니시다. (슬근슬근 톱질하면서 모두들 취향에 따라 또 읽으셨다. 찾아오셨다.)

늘 초록인 생나무도 아래 잎으로부터 옷을 떨군다.

빨간 옻나무와 담쟁이덩굴도 녹색 빛을 감싸고돈다. 황토 빛 버섯류도
숨구멍을 들썩이다.
시든다.

흙이 있음에 그 젖 뿌리가 있다. 님의 사랑이 있으심에, 꿈을 위로하시
는, 여러 어지신 선배 제현이 계신다.

"전 세계 포유류, 인간을 포함하여 4500여종 중에 1400여종이 멸종위기
에 있다"
"거의가 서남아시아, 동남아시아란다. 「전투복」을 입고 인도적 지원 나
서다. 경자유전의 원칙 지켜야 한다. 검사, 1가구1주택 양도세 몇 억이
나오자 관습법론으로 헌법소원. 국가인권위원 뭘 뜯어 먹다 들켰다. 국
방장관 제주 4.3의거를 남로당 사주를 받은 무장 폭등사건 이란다."

소쩍새는 그렇게 울었다. 저녁이면 밀려가 우리 또래, 까까머리 인민군의 솥단지에 불을 피웠다. 철쭉능선이 붉게 물들면 내려와 우리 오빠, 국방군의 상처를 싸매 드렸다. 그렇다. 어릴 적 성서 속에 따스히 다가온, 꿈같은 베들레헴이 있었기에, 그 어느 신도 벽을 치고 어린나무에게 허짐 치는 핏빛 그루터기는 이 지구상에 없었다. 오늘 그 유서 깊은 고을에는 애국독립지사들이 천연림을 이루고 있다. 아드님은 3대로 베푸시며 이어온 앞마당 한의업으로 짙푸른 초록빛으로 전래 민족 신앙을 아우르며 새로운 방향을 열어 주고 있다. 따님은 벌채 되어가는 외로운 숲길을 따라 너도 나도 꿀밤나무처럼 굵지 않게, 그래서 서로가 향기로운, 수녀원 빈 공간을 일생을 바쳐 찾아 나서고 있다. 이 세상에 어느 어머님이, 잠재되어 소리 없이 흐르시는… 우리네 신사임당이요 남강수 푸른 물결이시오… 아! 저 열혈 여인다운 이 땅에 산 배움장이… 아니신 모친이 있으리오만, 오늘도/ 그날의/ 당줏골 넋을/ 기리시며/ 인류의 안녕을 빌고/ 또 비시며/ 칠성각 서낭당에/ 촛불 밝히시며/ 올곧은/ 불자로써/

"빠우! 까불고 말리니 쬐끔 밖에 안 된다."

"피 한 방울, 기름 한 방울 죄금식 나누는 게 중요한 게 아니야?" (그래서
투기 신들의 세상이 된 게야, 이 바보들아.)

"예! 다래 머루는 자연적으로 술이 됩니다."

〈모란봉에 밀가루를〉 2021. 2. 10.

설을 같이 지냅시다.

낙화유수

WHO "우한 아니다."
꿀 먹었나? 가래떡 잡쉈나?

마당놀이: 멍석말이 대상자

박, 전, 노 일당
달구벌 쥐불놀이 마당극
폭력, 고문, 민주주의 불법 악행 처단한다.
씻김굿으로 길놀이 시작한다.

· 정연관 의문사 지화자
· 사법살인 8열사, 기획참가 법조인, 보안사 금호강변에 발가벗긴다
· 광주의거 학살집단 엄벌집행한다
· 노태우는 13대 대통령이 아니다
· 세월호 책임자 가마니 응징
· 노무현님 불법매도 이명박 책임진다
· 이 꼴통 깡패세력 그냥 둘 순 없다
말끔히 쓸어낸다 단, 반성문 참고한다
(연필이지만)

힘대로 자연농사에
보탬이 될 수 있는 한, 듣고 있나?

큰일일세, 자가용이 여객기가 유람선이 다 뭐지? 열에 칠팔은 미래 더불어 먹고 살아야 될 생명줄을 죽여가며 갔다리 왔다리 밟는거 같애, 땡기는거 같애, 뭐? 편리? 정신이 반쯤 나간 거 아니야. "이보게, 초록가슴이딴게야." (돌았나)

"민주화 운동으로 준법질서가 낮아졌다."
"떼를 쓰면 통한다."
(어느 마부신을 믿고 그러시나? 법 없이 살아가는 산짐승을 봐라! 크게다치기 전에.)

"아저씨! 물그릇은 엎어지고 밥그릇은 찌그러지고 어떡할껴!"

04시 사오분동안 해장에 시름을 달래려 내다 버린 작가들! 세상에 그 많다는 상을 다 드려도 모자라는 이웃에 농부님들! 무얼 담으리까? 무얼 바치리까? 무얼 두고「예술혼」이라 하오리까? '그러면 안되지'. 여기서 잡아나가라니까. 콱 땡겨 이렇게, 파아란 배추망태기 속에 뛰는 청개구리와 메뚜기들 사이에! 저 바다로 나간 어부처럼/ 꽤짝마다/ 얼마나 많은/ 한숨이/ 이슬비처럼/ 흘러내리는지를! 헛디디면 그뿐! 우리 뻗는 날까지/ 오늘같이/ 풋풋하고/ 신성스런/ 아낙네 소리가/ 왜/ 이/ 밤피리새처럼/ 그립지/ 않겠나. 음!「그릇잔치」란?

분명 님의 뜻이 난민에도, 저들이/ 먹고/ 가신/ 큰 마당가에도/ 녹색 눈물이/ 고인다.(깨라 깨라 깨라)

오랜만이네, 움트는 달래씨! 별 건 아니지만 해 날 때 얘기 하나 물어 보세. 알다시피 산이좋아 산에서 사잖나. 물이 좋아 물을 가까이 하게 되고, 산마루에/ 샘하나 있음에/ 아름드리 나무가/ 쌍가닥으로 자라고/ 물한 잔에 떠 올림은/ 마른꽃잎 낙엽 한 잎이라도 띄워 올림은/ 세상없는천, 지, 인 사이 흐름의 법칙 같기에/ 큰절 올릴 때면/ 손바닥에 생기가뻗치고/ 코 입으로 대지의 오만향기가 밀려 들고/ 귓구멍으로 흘러 넘치는 물소리가/ 땅을 울린 샘소리가/ 저 높은 엉덩이를 감돌며/ 일직선으로 흐를 때/ 자꾸 아래로/ 가슴속으로/ 펄떡펄떡/
뛰어 들어 오실 때, 울리는 소리 들리셨남?? 예! 실제상황이옵니다.
어디선가, 딱 눈이 저절로 감기며 "나는 떠나요, 마냥 날아가요. 보고싶은 이들이 앞에 선해요. 착하게 살다 오너라. 다 거다 주고 오너라. 땅만보고 살아라, 하늘이 땅이야. 땅이 인간이시다. 흙이 곧 사랑이란다, 물이 곧 인류애란다."

"순찰 잘 돌아 달라는 당부의 말씀이 계셨습니다."

70대 어르신이 또 30대 나라 여직원의 '어린지시'를 이렇게 정말 어르신답게 옛 양반고을 우리 부모님답게 구쑴하게도 가슴을 풀어 더 깊이 가르치시니.. 고향 생각 또 절로 나게 하신다. 정이 넘치십니다. 절제와 분수로 맺은 유교인이시여! 안동 어딘가 저 솔솔하신 저 일월산 어디에 저 귀한 예절의 고을 말씨 넘어서……오늘같이 불어오는 「말씀이 계셨습니다」 이 한 마디 한 마디가 바로 우뚝 서신 푸르고 푸르신 큰솔일 듯..누구나 똑같은 생명으로 큰절하시는 듯…….똑똑 끊어 독상을 자주 상을 올리듯이 말끝을 흐리지도 비틀지도 않으시고 흥감 어리신 목소리로 예를 다 하십니다. 오랜만에 살맛이 납니다. "여러분! 다시 올라 갑시다. 햇살이 비칩니다".

어제보다~ 좋코요~ 오늘보다 맑으니…….

"할배! 이쁘게 차려와요!" 함박웃음 퍼져 갑니다. 옳고 그르다는 구별심은 백성이 먼저 알거늘 엉클성클 우러메고 가도 웃어른 여러 선배님들 그림자가 정겨운 것을, 햇님에 눈 다 녹고 계곡 물소리 맑아지니 쑥버므리 오고 콩 팥씨 갖다 놓으니 제 넘어 핀 할미꽃이 더 붉게 고개를 내미신다. 아! 너나없이 아름다운 사람아! 인간이 만든 악기가 오늘도 아파서 같이 우는 청여새야! 용마루가 다 날아가고 없음이여! 향긋한 혼령 씨 눈속에 이슬 진다네. 거장답데 '내 악기정돈 소리덥개라. 하하! 재미있어!' 라며 숲의 푸대접을 즐길줄 아시는…….

세월은 흘러 압둘라는 바다 오염과 극빈의 질병도 큰 문제지만, 해적행위가 이슬람 교리에 어긋난다고, 하층 시크교도인 그의 아내도 여성차별반대 등등에 길 나섰다.

붉게 익은 산딸기 봉우린 네 발들이 요놈들이 한밤에 다 맛 봐야겠다. 아닌가. 당연히 바쳐야지. (05.6.3. 처음 익은 것인지……. 그렇게도 먹을 것이 없나. 내년부터 이름 없는 산새에게도 열매 좋게 곱빼기로 씨를 뿌리자. 그분의 뜻대로…….)

야, 잿빛 토끼 새끼야! 낮엔 눈에 띠지 말라 했지. 소나무 등껍질이 넘어진 곳에 숨어 있으라 했지. 알았니? 네가 할 수 있는 것은 사람도 지치는 괴성을! 최후의 발악을 최소한 3분 동안 질러대는 것이야. 그리고 깨물줄 알아야 해. 빨랑 숨어! 저 큰 발톱들이 벌써 주위에 맴돈다. 어린이 주먹만한 녀석은 도망가면서도 악을 쓰며 달아났다. 음! 나어린 토끼도 이럴진데. (기도쟁이, 고고한 신들의 세계는 오죽하실까)

향에 묻히다. 오! 사랑이여! 사랑이여! 쓰러진 나무를 쓸어 안고 죽음을 넘자네. 향으로 사라지자네.(이대로~ 잠들고~ 싶~네)

특별, 특별히 너희는 거짓이다. 상처투성이가 먼저 가도 웃으며 가는데, 오늘도 따신 밥에 「님」자를 치성으로 받아 사는 업이 뒤에 죽으면서 거름거름은 초식동물만큼 맑지 못하더라. 줄 거냐 말 거냐 시시때때로 따진 자들아! 당장 생피생땀을 찾아 나서라!

새야 새야
퐁당샘물 흐르는 실여울 소리가~
어머님의 고향이 아니셨나요?
산새들 우짖는 소리가~
빈자의 음향이 아니셨나요?

짜그락! 돌밭 풀 잡는 호밋소리가…
'극소수 인권' 이 아니셨던가요?
윙! 뻥창 바위밑 벌들의 날갯소리가 다아~
사랑이 아니셨던가요??

트득! 뒤뜰, 개복숭 하나 떨어졌나보다. 놀라지 마시라.

내가 바로 '의문의 넋'이 되고 알았다. 아버지는 방구들이 꺼지도록 '물새가 우러어~'를 부르시며 열 손가락 마디마디 전율을 일으키셨다. 어머니는 흩적삼 비비시며 '이 가슴에~ 비가~…….흐느끼시다가...' 실신하셨다.

나는 헛죽음이었다.
「새먹이」가 못된/ 우리 딸 아들은 하늘묘지에 없다.

다행히 '의문사 밝혀주기'가 떴다. 그런데 주춧돌이 '영호남유가족'의 한이 남을수록 우리 모두의 발언권에 금이 갔다. 이럴수록 임들께선 사랑의 어머니를 부르셨고 화해의 아버지를 찾아 오셨다.

안이는 껌정 고무신 값만 준다며 나서 보기로 했다. 왜? 내가 당해 봤으니까. 관이의 죽임 하나만은 거의 다 밝혀 냈으니까. 못다한 이웃 넋까지도 자신했다. 철이 아버지는 '요한이만큼 의문사 아는 사람 없구만

올해 유난히 가물더니만... 땅에 깔린 과일 나뭇가지에서 아주 화사한
향기가 피어오른다.

우~삐욱~ 쪼롱쪼롱!
쪽쪽쪽! 삐욱히욱!
앞뜰에서 뒷산에서 마구 운다. 주고 받으며 운다. 덕분에 생각난다. 해
는 졌는데 돌아서니 왠지 안스러운 종달새 둘 사이에 무엇이 그렇게도
울며 불며 멀어져 갔기에, 가슴속에 묻고 살기에, 곳곳에 산사태며 장벽
이 무엇이길래, 우리가 새들만도 못하단 말이오!

"요즘은 한발짝도 돌아보지 않아요. 다 농구 먹고 사셨는데……."

언제나 노을이 숨어 들때면 네 다리로 기어가게 하신다. 무지개를 쫓아
간 나를 자전거로나마 풀리게 하신다. 원래 씨원한 짐승근육으로…….

의문사 게임

뭔 젊은 친구들은, 엄청 고생을 하면서도, 「믿음」을 앞세워 따돌렸다. 「밥상」을 뒤엎었다. 「의문의 죽임들」이 도마뱀꼬리가 된 이유가 여기에 있었다. 농민, 노동자의 자식은 신께서도, 그들 스스로도, 사람측에 끼워주지 않았다. 진실은 조금만 물러서도 보인다. 돌아서서 본 역사는 부끄러웠고 눈물겨웠다. 이 한 움큼도 안되는 이 심장의 울림소리! 넋이 되어, 쿵! 쿵! 울리시니 인간인 이상 「천지호 일지상, 양심이 찝힌다」고들 하셨다. 이 가슴/이 뜨거운/피 울림을/밤낮없이/모른/체/할 수/없었다.(쌍드라마가 뭐람)

'너는 인간이 아니다.'

'나는 인간인가?'

「짐승」도 듣고 있었다. 목구멍이 포도청이라고 쥐꼬리만한 권력에 넙쭉 엎드렸다. 일류 이류를 튕기며 즈그끼리 뭔 잇빨을 보이니, '손쉬운 의문사건' 마저 천막정신은 어디가고 최고 비싼 검은 빌딩 전세에 뜨신 밥을 국물에 저녁이면 소고기 잡숫고들 혈세까지 받아 쓰고도 에맨핑계 되고 저 부귀를 움켜진 '독재 유신잔당'에 빌미 주고 끝발 나는 곳, 물좋은 관문만 찾아 다녔으니, 「순수일꾼」들, 오늘의 저 부패도당에 할 말을 잃었다. 우리네 자연지기가 보낸 떡시루, 과일, 산나물, 콩들이 같이 울었던 그 뒷마당에서야 모두들 은근히 깨달았다. 이름하여 참 진, 열매 실, 잦

새 청설모까지 울리고 다람쥐 산토끼들한테도 이처럼 오락가락 궤변처럼 들리게 했다. 차비까지 빌려 서울 미, 일대사관 뒤편 나무마다 잦향이 날렸다. 고급 칸막이, 저 홍등가, 빛 좋은 사무실까지 향새는 날아들었다. 성지는 여기에 있었다. 강건너 그 분께로 작두채 둘러 메고 갔다. 바치며 빌고 빌었건만. (잘들 놀아)

신세 많이 지고 갑니다

"야~호~오~ 사랑합니~다아~"
"저어~두~요~오"(미워죽겠지만)

떠어나아갈~ 사람 앞에~ 헤어질~ 님들앞에~ 정든님이~ 우울고오~ 있따아~! "우리도 저 개미 떼와 개구리들이, 흙길이 말라서, 태양이 지나갈때까지, 있는 판초, 없는 담요, 서로의 믿음, 서로의 사후세계... 그림 그림...다 내 놓고 세월이 가도 밀림 속 버스깐에서 기다려 주십시다." 젖향산 찾아간 사람들 그렇게 흘러들 가셨습니다. 아니, 그 어른과 나무령주막에 당도했다. 떠들썩하시다. 우스워죽갔데요. 어느 세상살이이실까. 몹시 궁금하다.

「유정란이 나오는데 마지 퍼 달라고 연락이 왔다. 좋다. 만여 마리 닭이산으로 짐승에 물려 가면 품값에 빼자 하고는, 확 열어놓고, 포대에 맞게양철통을 만들어, 아주 맨발에 홀딱 벗자 똥독물이 몸에 배어드니, 작업복 살 돈이며 신발값이며 손님들이 코 막고 도망갈 일도 없는 그 목욕값이랑 품값이 덜 들드라구요. 약값요? 병든 가슴요? 어디다 하소연 해요?뭐 복지부? 노동청? 소용 없어요. 똥물을 뒤집어 쓰며 싹 퍼 주었죠. 보

174

름 남짓 걸려서 사정사정, 오십팔만원 수입이라. 예! "바보같이 몸 망친 녀석!" 듣고도 싸요! 금덩이 이 핏값을 어디다 또 빼앗겼는지 아십니까? 그 무렵 '토봉 떼죽음' 사건이 터졌죠」.

동네 사람들이 돈 거둬 아는 변호사한테 맡겼는데 3년이 지나도 소식이 없자, 바로 닭장 주인도 피해자라 어리한 바우한테 한번 알아봐 달라고 해요. 듣고 보니, 한 번 죽은 몸 깨끗하게 썩자고, 혹시나 약값이라도? '사이비변호사' 비슷하지만, 먼저 차비하라고 주면 받을 셈치고 서초동인가? 쫓아가던 날, 저쪽 유리창 넘어 점심 때 둥글탁자가에 잘난한 중국음식을 쭉 펼쳐놓고 부어가며 잡숫는데 전화도 받아가며 "야! 영전 축하한다. 이사했는가? 응! 그래 토요일 저희 신임 검사도 나올 거야 골프 겸 그래". 새벽 두시 반 하산, 기차로 지하철로 얼마나 허기지고 고단한 촌놈들인가? '식사하셨습니까?' 한마디 없는 거 있죠. 창 건너 젓가락이 오르내리는데, 이 짐승보다 잘한, 눈꾸댕이 속 파 제낀 뒤 빨알간 수수알 혼자 입부리로 넘기지 못하고, 동무들을 먼저 부르며 울던 삿갓새, 그 수컷 한 마리만도 못한 최고지성들! 눈빛 한 번 주지 않으시더군요. 처먹고 나와서 이빨 쑤시면서,

"공기 좋고 물 좋은 데 사십니다. 한 번 놀러 갈래면..." 찌부랄! 서류에 먼지가 쌓여 있는데, 자기는 복대리인이라던가? 친구가 미국 유학가고 그냥 맡겨놓고 갔대요.

코도 안 벌리고 내려다 본다.
산행 중 만난 그분은 약한 오소리 편에
분명히 서서 진 다래골로 길을 열어 주시었다.
돌아 서서 또 돌아본다. 초롱한 눈빛이 반짝인다.
눈물이었다.

기후재난대응팀

이때다. 잡음 하나? "경계 근무를 철저히 당부 드립니다". 이런 어깨 힘 주는 말투에도 늘 똑같이 산넘어 불어오는 봄향기처럼 웃음끼 어린 농부의 말씀은 한결같이 파도타는 두마디 "예! 수고 많습니다~~ 아~ 고맙씁니다~~ 아~"걷게 하자! 헤엄쳐 가게 하자! 그렇다. 피를 꽝꽝 돌려라! 국경을 지워 버려라! 묶이고 갇힌 새들을 저 하늘 끝까지 날게 하자꾸나!

생기 있는 웃음이 진짜 신이시다!! 검은 줄무늬, 노랑저고리빛 나비 한마리.(06.4.22. 11:00) 넋 넋고개 잔설 속에 핀 얼러리 사이를 팔랑팔랑 날아 들다.

진정한 흙이다. 풀이다. 달밤이다. 깊을수록 부드럽다. 전기마저 갔다. 술고기가 웬일인가? 기름 차에 대접 받는 신들과 짝사랑이 웬일인가? 죽어서 「불속에 들어갈 죄」로다. 하산하면 더 아프다. 진흙에 엎드리면 사랑이 깊어 진다. 달빛이 상추 쑥갓 알타리를 덮어 준다. 냉장고 필요없는 친구야 씨철에 오라가라 하지마라. 새카만 흙살이 더없이 보드랍다.

말로 하면 부써진다

비온뒤 살이 좋아... 심성이 좋아... 마늘은 그냥 뽑혀지는데... 보내고 싶은 곳이 하도 많아... 너희에게 사랑한다는 말도 다 못하고, 술술술! 날마다 식물성 산동물들의 과자인 심과 당근을 뿌리면서, 님께선 가을을 기다리는 이 여린 심정을, 익히 아시는 듯... 우리 묵은 가슴흙에 묻는 것이, 한결 덜 부써진다 하시다.

춥다. 불부터 지피자. 아~ 모두들 사랑할 일이 하도 많아... 언젠가는 뜰 수 없겠지만, 그때 「비행기 요금」 있었으면 모란봉엔 못 가봐도 한짐 짊어지고 흙길따라 터덜터덜~ 선배님들께서 돌리신 그 밀국수공장에... 또 남은 것이 있다면, 토종씨 구해서 대륙마다 촛불광장에 우리친구들, 뿔 달린 놈 한 쌍씩 얹어 앞세워 갈 수 있었을껀데... (요렇게 말로 하면 쉽지만)

「샘물을 살려아. 억수로 차갑다. 아직은 지게목이 붙어 있다. 한톨이라도 건져내어라.」 예예! 산할아버지! (6.29. 그땐 속았다마는...)

"여봇쏘! 뼈 빠지게 일하시는 노동자, 농어민들에게 또또 날아다니시며, 신권이니, 상생이니, 해탈이니, 영성이니, 도통이니... 그래도 은은히 이뻐! 자주 꽃이 피는, 꽃도라지 나라라시니"

혼자 먹으려고 떠받다 절벽에서 미끄러진 수놈이 꽉 끼인 바위틈에서 발버둥 치고 있다. 하늘보고 종치는 붕알이 터졌는데도, 웃고 있다. "그 봐라! 꼬씨하다야! 꼼짝말고 가만있써, 그 밑동네 집에 가야, 신통한 실 바늘 찾지야!" "엄매애~ 애애애~" "뭐라고? 검객(???) 세력! 야이~ 꼬부 랄넘들아! 찌저먹어라~ 찌저먹어! 발라처먹어라!!" (권모술수)

"야! 장수하늘소야. 네가 이 나뭇가지에서 가장 높임받고 있다고 생각하 는거야?" 글쎄다 어떤 보이지 않는 쟁탈, 그것은 부름받고 있다는 착각 속에 빠진 동종의 벌레가 이제서 더듬이 울렁거리며 타이르시길...

노을지는 만덕산 모퉁이에서 청낭새 한 마리 슬프 운다. 저 잣나무골 삼
나무골 전나무골 숲에서, 꼬옥 받아주며, 또 한 마리 울며 깃드신다. 내
친구, 일본의 양심, 고바야씨! 바레인의 천연염료 친구, 무하마드 살렘!
「독도는 강제로 병탈한 것」임을.... 「예루살렘은 그 누구의 것도 아님
을...」 터놓고 말한 후 서로 한 지구마을, 접목대추나무에 울며 깃든다.

문어 주고 삭혀서 담아 진땡이를 쳐 담아 드릴 때도 금방 쑥 한 줌 캐 땜방 하려는 계산 그죠? 아주 동기와로 만들었는지 최근 골짜기마다 금빛 찬란한 건물은 눈에 띠게 신의 얼굴을 닮아가고 어쩐 일인지 지맥 인맥 학맥 정맥 씨맥 똘똘 뭉쳐, 단단히 지어 놓은 게, 그 짱짱한 힘이 이 시골 디딤돌 아래 노알 지렁이를 물고 늘어져 가며 먹이 걸고 '거름 팔아라' '지게져 달라' '재래무기 꼼짝 마라' 그래도 '그날의 아픔이 남아 날라 주려는데' 뒤에서 또 힘을 싹 빼 나, 결국 안주려는 잔꾀라. 진정 주실려거든 다음에 좋은날 저윗 성황당 고개마루 호두낭구 아래 이름없이 청수 한 잔 올려나 주시오. 성냥팔이 소녀, 양티김팔이 소년의 공책값이라도 콩나물값이라도 될꺼.

찰랑! 찰랑!

지구 반쪽. 사과 반쪽. 여성사제 50%, 친부모 양부모 100%. 우리 누이들
의/ 희생심도/ 숨긴/ 사랑도 / 우리 달래절래/ 물레님의/ 깊은/ 향수도/
성가정에/ 밑거름이/ 되시던날!/ 모성애가/ 얼마나/ 아름다운/ 선물인
지, 더불어/ 고통스럽게/ 살아가는/ 못생에게도/ 크신/ 위로가 되는지/
짐작하실 겁니다. 하늘과 땅을 지으신 향수님의 아드님이시여! 믿고 맡
기십시오. 예! 푸르고 푸른 샘물이 너무도 절실하옵니다. 「전쟁후 평화」
도 끝일 것입니다. 오늘은 손바닥이 부르터도 괜찮습니다. 맞겠습니다.

아~ 얼마나~ 뒹굴고~ 맛나는지~ 쌔콤달콤~ 항아리마다~ 우리할매 뒤뜰 꿀단지마다 어머이 젖낭산마다~ 그득그득, "어미, 나도 한중발 죠보게! 이봐 토깨이 나는 사람 아닌가!"

호호호 *끄륵끄그윽!* 우으웅! 술방구다. "토깽씨이~! 여기도 부어봐요 ~!" 큰났네야. 다 세나봐! 괜히 뚜껑을 열었잖아. 이제와 깨진 도가지 닫을 수도 없고... "아따아! 이넘어 열무나 잘 모르시지이~" "내 냄비는 ~ 어디가 엎어졌지" "어~ 아까~ 참 드신~ 일회용~ 거 또시락~ 연장~ 거녹지 않게~ 샘돌밑에 떠다니는~ 샘바가지~ 무꾸딴 밑에~ 바로 혼게로~ 삐리지 마우~ 막잡아 물지마우~ 삼키지 마우~야!" 자아~ 한숟세상~ 쉬엉쉬엉! 우리카~ 가시데이~ "아따~ 웃다 보니~ 눈물이 다 나네~ 흐흐핫하~ 핫하하~"

얼씨구우! 또 돌아가네~ 짤뚤아가네에~! 묵짜고~ 사는인생~ 오늘 떨어져도~ 내일 꽃담고 비실고~ 열매나 좋을낭고~ 어짤라고 신께서 알아서 다 하실일~ 꽃시루 양만큼 드실낭고~다아 고쌍고쌍씨레 살 다가신 여러 어르신네들~ 저희 지나가면~ 낭구낭~ 그 성목신이 다아~ 자연히~ 허실라고오예, "예예! 댕기오쏘오." 잘~ 굴러~ 가요오~! 엇차! 찜샀갓 사촌 아니요?

"어허이, 이 양반! 앗따아 디게 취하네." "난난 난 한잔 입술에 빨지롱 안해롱롱~ 다같은 우리 어마씨만 봤다카만 몸부림 친다아임임입니껴~ 서서 낭낭 토토지신에 여성성성황당 보리재각 넘어갑시데이~" "자아! 여러분! 뜨끈한 사랑방에 모셔 드려요. 단 하루밤이라도..." "당체 뭔술이길래, 이 샀갓어른이 다 해롱되실까." "어! 이 낭자는 누구써? 쌌는교? 신랑은 마카 저 하늘에 가 계시고야. 머롱~ 어헛이! 다 디비졌써! 토끼아범! 인자 진짜 큰났다! 몇 년이나 묵었길래, 내가 알우! 주인님이 담그신 걸요." "내일 또 보입시데이. 잘못된게 있으면 빌라꼬예!" 한자루 지고 오거써 몃돼지 새끼달아서 추석도 가까워오니 송이가 났다어데살피씨... 예예! "이 얼마나 반가운 만남이니껴. 님을 따라 오늘 같이 이래 살다가 갈라꼬예." "살다여! 꽃밭이 따로 있남예." "우리할매팀보다 이쁘신 애기, 꼬시이한 사랑이 어디있갔시오." 저 이는 또 누구요? 네네! 여는대로 꽉꽉 제끼는 대로 쭈시는 데야 누가 갈갯능교. "그 하늘에 그 양반이 있따카이끼네." "진짜로 외따른 숲길에서 상처뿐인 우리아버님 늘 만난다니까요." 왔따! 혼이야 넋이야 다 빠지네야. 장독에 그 머씨님에 사랑바다 둘구 빠지는거야 그렇다치고...불타는 장작은 있건만, 방방이 이 거름뱅이 걸걸객들께서는 내일 아침때꺼리가 영~! 맨날 후회여! 아주무이 한 분만 우리동네 계셔도... 이럴 때 알아본다니까. 문 여는 데 아이고우! 고마워라! 여긴 딴세상이잖여는데언제 다들 업고 오셨나그래! 촌인심은 그래 "하긴... 새벽 두세 시에 잠이 안오시는다 도라지 달래님 네들 날따라와 보오. 징말임다. 흐흐흐! 단단단 술술술! 야! 다 풀리셨죠? 야야! 내일은 목화밭 넘어 그 배차밭에서 만나유우~! 얼마든지 쏙아 가셔유! 암요!!" 살아있는 생음악은 아무나 녹음하는 기 아냐. 허리야 꼬 뱅이야 녹아날 때 서로 주고 받는기야. 이 아자씨야!

눈 뜨신 저 영혼! 밥상머리 보시면, 님이 오신다 해도 진짜 고독한거지. 정말이야. 맨날 울고 싶어도 울 수가 없써. 님과 함께 지팽이로 휘젓고 싶어도 「평화리스크!」 그 뒷날이 무서워 자잘한 참깨모종을 두세 포기 씩 곱게 곱게 심어 보는거야. 내 혼 니 혼 다 썩어가면서 그 물 맑던 어름 골이 씨멘골로 변해 어떤 활주로가 된 정경에 애태우면서 지는 거야. 음! 흙길에 묻어나는 어여쁘신 당신들! 그 시절 우리네 부모님 모습! 그 대로, 저 역시 눈가에 어른어른거리다... 그리곤 마는 거야. 그래도 옛품 이 보고 싶었네. 옛님이 보고싶어. 엊그제만 해도, 물난리만 없었드라도 어울리셨던 옛신들의 맑은 물소리를 저 뻐꾸기 소리로 날리고 말아야 했소. 여보게 친구! 막지 마오! 「도면」대로 땜질하지 마오! 어디 보일려 고 그랬는가. 청돌로 모를 내었는가. 그 누군들 서글프지 않으리까. 그 깊고 깊던 산에, 그 구원의 계곡에/ 그 학대받은 숲에/ 그 배신감 넘친 녹녹한 입술에/ 그 분의 청아하신 가슴마다/ 그 허파마다/ 잎새마다/ 흘 러버린/ 굽이치는 님을/ 살그머니/ 돌려 주시오! 저 보오! 대성통곡 하시 는 민물고기, 산새들하며... 말 못하는 나그네들 하시며... 우린~다~ 떠 내려~가야~하네. 그것은 우리 새끼들까지 「천벌」을 받게 하는거야. 죽 은 초록생이~ 물든~ 강냉이~ 밭이~ 그그~ 강바닥 개발바람에~ 싸그리~

씨러져~ 떠내려~가고~ 이런 세상에~ 말로서 다 어떻게 하시겠나. 여보!
물까지 땅때기 치지 말게 하오. 이것이 앞서가신 여러 조상님들의 그 푸
르른 넋 같으신, 물의 자비이런만은... 흘러흘러 자갈모래 박히듯이 그
냥 놔 두시오. 풀풀이~ 우리네 가슴골~ 풀풀이~ 내내 풀에 풀이~ 여울
지시며~ 흐르게~ 님의 향기 속으로~ 숨어드시게~ 해 주시오. 우리들의
송아지도 산토끼도 좀 뜯어먹게 방천만은 틀어 막지 말아 주시오. 저 나
뭇꾼과 선녀님도 손 안 뿌들고 섶다리 하나쯤 건너가시게 내비 두시오.
예? 우리 떠난 즉시, 흙살로 보하게, 그런 신들의 정자만은 궁궐만은 상
수원 올라 타서 짓지 말아 주시오. 저저 「세례 요한의 세례교」 등등, 그
수도원처럼 종파에 얽매이지 마시고... 깨우쳐 샘샘이 열어주는 유럽처
럼 날로 도듬 사랑으로... 흐려질 수 없는 맑은 샘인 당신께 좀 안겨 보게
해 주시오... 자갯골로 흘리지 말고 물 한 잔에 다 살리게끔 해주시오.
밑바닥돌... 멸시받지 않게.... 좀....(백두대간 벗님들의 개나리 등짐 건
너갈 때... 그리움이 남아... 옛이야기 하나 남아)

"아프리카 원주민!, 기독교도 승리! 이슬람사원 불타다!"(어딜까? 그전
에는? 왜왜?)

솔잎 하나 떨어져 더 향기롭습니다.(살아서)
꽃잎 하나 거름져 더 따뜻했습니다.(죽어서)

당신이 만드셨다면, 한참에, 그럴 수는 없습니다. (미래진행인, 인재천
재 역시)

숨겼다. 난데없는 이단 옆차기로 가슴이 무너져 피가 차오르는 순간, 바
다로 끼들어 가고 싶었다. 핀을 뽑고 싶었다. 자물쇠를 풀고 싶을 때 참
았다. 그분이 말렸다. 당시, 광주의거를 뭉개려는 군홧발의 보안법을 당
신은 숨겼다. 80년초 한림읍, 「사랑과 나비의 집」에 보따리도 없으신 잠
든 어머님들이 밀려드셨다. 난데없이 깨어졌다. 건수를 공모하고 있었
다. 어디쯤 흘러 가다 묻히면 진정코 아래, 윗선이 사과 할 것인가. 우리
같이 왼가슴에 박힌 대못을 뽑아줄 것인가. (그케 말이야!)

아름다운 새! 빨강치마 검은저고리 흰댕기 당신은 쪼옥~ 쪼옥~ 쪼옥따
구리새!

"그래! 놀러 가께!"
"흙덩이 깰 곰배팔이 둥, 울러 메고 오시오. 핫하!"
"어! 알았당께로"

「신」 스스로도 놀라워 하신 광맥이 하나 있었다.
그것은 바로 천하 재벌도 쓰러뜨린 사실상의 돈줄! 종교기부! 헌납! 유
산!
「절대적 상속」「또 다른 걸선」「남다른 문화」「유사한 보너스」「고귀한
전쟁」「받들고 모시고」 그 누구도 말릴 수 없는 위기의 위기의 근본 원
인이, 나만의 신과 / 어떤 믿음.

녹비식물

얼마나 배를 채웠는지, 얼마나 잘못되게 흘러왔는지, 역사는 디비진다.
그 「력사」의 무덤은, 유골은, 언변은, 기록물은, 자손만대 반드시 빤뜻씨
파헤쳐진다.
저 새는 아신다. 저 나무도 알고 계신다.
-썩어가면서도 향기롭지 않은 나뭇잎이 있었단 말인가?-

오미자가 혓바닥을 쏜다

"모래 더 썩어, 남을까봐" "왜그래, 묻으면 되잖아." 이와 같이 땀을 닦
는 부부 얘기도 흙벽들을 쌓자 걱정하지 않았다... 물은 좀 맛이 가도, 뿌
리들이 당장 웃었다.

검은 눈 내리기 전에 꽃 보러 갑시다.

감사한다. 세상사 모든 협정문을 찢은 자는 어떤 남자였다. 뭘요, 그날 자랑스런 왕자님 얼굴도 한번 봅시다. 아름다운 귀혼 이야기도 나누면서 장작을 많이 해 놓으리라. 우리 고사리 국밥도 나누면서 곡차에 잔도 돌려 보시구랴. 자아! 괜히 싱거운 소리, 다 이 '무건 짐에 아픈 무릎 때문이오니, 설설 넘어 가 주시기를' 미안함다. 춥고 배는 고프지만 애매한 객지 아줌니를 객지 인생이 「대국간 신무기 경쟁」에 꼽사리 낀 저를 하도 서러웁게 뒷북이나마 쳐주신, 일하며/ 기도해주신/ 저/ 억울한/ 영혼을/ 꽃들을/ 소리쳐/ 불러/ 보고파, 예! 어리석게도 이놈의 세계사격대회 폐지용으로 우돌했노라고, 타일러 주신다면, 여한이 없겠소이다.

도랑새 도랑새

"휘삐리~ 휘삐리~ 휘삐릭~"
"사람이 얼매나 무던한데"

태어난 모든 사람들이 이러길 바란다.
토분 토분한 흙으로 돌아 오시길 바란다.
사람의 가슴에 불을 지른 이도 향깃한 풀내음으로 젖어 드시길 진정 바란다.

징을 치고 신장 장군 쳐내고 눈알이 더 나오면서 자기는 자살하지 않았다는데... 날 붙들고 들어 가려는데 밟혀 준다고 살살 빌고 식은땀인지 눈물인지 핏물에 푹 삼겨 서너 시간 씨껍했네. 성인군자 안 되려니요. 저거 날 죽이면 어떡하나. 물에 건저서 내가 감았거든요. 이번에는 신랑이 물에 빠졌던 거요. 여자가 신들린자와 붙었어요. 엎어놓고 또 죽이네. 빠뜨려 떠내려 가는데 뛰어들어가 건져 놓고 나니 바다 뭘 따다 이듬해 빠져 죽었드라구요. 씨가 마른 바닷 괴기인지, 원 바다신이 쫓아오고 그 집은 얼라 낳다 죽었거든요. 병원에 가지 못하고 피가 나온다고 하더니, 동네사람들 아주 오지라 오가다 죽은 줄 모르고... "거 뭐죠? OECD 타령에 천국타령을 하니 그렇지요." 너나 나나 새하얗게 웃겨 어떤 때는 하늘신이 말하길, 끝을 펴고 죽으면 그렇게 편하답니다. 다 숨 하나 헐떡꺼릴 때 죄를 벗어야지. 그래, 그중에 소나무가 된 향이 좋아 솔향이 좋아. 솔이 된 사람도 많더라구요. 참나무 벗나무 향나무 등등등 씻는 만큼 향이 배이시드래요. 예! 하늘 조화로 인간이 되고 나무가 되고 살았는데 이제는 물이 죽으면 우리 시대는 다 살았는데 이런 애들은 어떻게 살아요. 너무 잘 사는 것도 바라지 않아요. 내가 흙살린 만큼 벌어가지고 자식들 데리고 걱정없이 살다 가게요. 우린 너무나도 고생스레 살았어요.

농산물 매점매석자들 보기 좋게 엎어치기
거대자본도

꼬리치래 도롱뇽
바이칼에 북방개구리
아무르강 민물고기 날다
목타는 가뭄에 논뱀이 문다
메뚜기 먹다 양식이 남는다
천지개벽인가 하노라
왜 바다같은 호수가 대자연 그대로 맑았을까?

영원한 전범

일본 군부 집단 인류 최대,
반도덕 반인륜적인 최악질에 반성 없는 소녀상을 아직도 울리는.
너희 관광국가 이웃나라여!
학생들, 안중근 의사 유해 알아봐 주오.
연초록 양심만 살아있으라!

새고아

세상에 가장 슬픈 말
전쟁고아 고아원
함부로 피를 가른다
없다. 혼자 왔다 홀로가는데 상처는 그만.
흙도 안 만지고 저 세상 보다니...?
세끼 밥 챙기고 껍질도 안 벗고

누울 자리 돌아보니
다시 또, 이 세상에 돌아오니,

새들이 울때면 「나」의 허영은 드러났고
꽃들을 스치면 「나」의 가식은 숨겨졌다.

신들이 오셔도 「나」의 가난은 커져 갔고
물배가 부를 때도 「나」는 인간이 아니었다.

풀님은 세상 처음이자 마침입니다.

생명체의 스승입니다.

사람이 먼저가 아닌 것 같습니다.

남성이 앞에 선 것이 잘못된 것 같습니다.

찬진 퇴비 보드라운 흙!

향기로운 자연을 잘 모셔야 됩니다.

땅 어머니를 너무 무시했습니다.

풀풀이 보금자리가 함께 어울리는 훌륭한 사회주의가 아닐까요?

서투른 손 부질없는 씨도리 엎드려 용서를 빕니다.

하느님의 특별지시

전국 성당을 개방하여
점심 대접을 한다
저녁 도시락도 사준다
노숙인과 요양자, 병자와
홀로 인구가 나들이하기를 간절히 바란다.

지금 최대 부자는 병원, 학원 사업을 가진 하느님이다.
종교가 썩어서 이땅의 평화는 없다고 말씀하신다.

정의구현사제단, 민불연, NCC가 있었기에
민주화 운동이 시민은 하수와 다 옳았던 것이다.

별

이 땅에 별다운 별은 없다
있다면 피 묻은 소수 막별이 있다

천만에 보리밭에 있었나니
똘망똘망한 돌배이다

어찌나 야문지
꽃으로 보듬지 않으면
하나 남은 지구 행성마저
블랙홀에 빠져 소멸될 지경이라

자고로 의리의 사나이
인간미 넘치는 큰 신사
바다의 큰 별
내 보름달 가슴에 꽃별
길이 길이 영원하라

한 恨

이 세상에 가장 풍요롭고 재미나게
사는 길이 있을까?

있다. 친애하는 거지들이 '아이고! 할, 할배요' 라고 놀릴 때. 남은 호박
씨를 짐 삿갓 보탱이 속으로 산 말랭이로 묵밭으로 묵묘 곁으로 강어귀
빛 좋고 살 좋은 곳으로 향긋한 거름 내 놓고 개똥참외가 나뒹굴 텃밭으
로 닥치는 대로 심기만 할 때, "왜 그래 더럽게 사느냐" 는대도, 조만간
오래된 퇴비더미에서 구렁이알까지 까고나와 하루에도 오랍들이에 짤
딱한 독사들이 만면의 미소를 지으며 느릿느릿 왔다갔다하는 우리들의
천국을 못 보면 잠이 안 올 때. 노루새끼가 건초 간에서 날다람쥐와 함
께 튀 나올 때. 밀보리 밭 메뚜기가 살이 쪄 십여 군데 친 왕거미에 걸리
자 반딧불 따라 해 질 무렵 굴뚝새가 빵구를 내고 왠 떡이냐고 파르랑 거
리며 낚아 채 갈 때. "얼씨구!" 묻어둔 독마다 익어가는 향기가 천지를
진동하매/ 머잖아 동네 거러지들이/ 아프다는/ 소리도/ 못하고/ 절며/
끌며/ 어디서/ 어떻게/ 묵사발이/ 반티 가/ 되었는지/ 몰라도/ 찾아/ 올/
것만/ 같을 때. 언제나 이렇게 흙살에/ 두엄더미 속에 홀러덩 벗고 사는
한/ 쳐다 보이는 게 있다면/ 말 못하는 님들이/ 풀숲에서/ 빈집 빈터에서
/ 저 세상들을 만났으니/ "누가 말려!" 누가 저 세 상에 가서라도 쫓아내
실까?/ 이 땅에 운 좋은 「토끼어사」들을! 아아! 버림 받을 수 없는 우리
들은… 언제나 최후의 날이니… 가는 겨울 준비 끝, 이미 여름, 가을은

그대의 지게에 없는 것! 너희는 쌍그물로 별의 별님을 꽃의 꽃님을 쳐서 주서 담을 짬이 없을 것이니. 이 짧은 세상에서 만나 뵙고 스쳐간 모든 생이 바로 우리 부처님! 우리 주님! 우리 아버지! 오오! 우리들이/ 까닭없이/ 젖 물린/ 어머님의/ 벌판 같은 가슴이/ 참으로 맛좋고/ 두 번 다시 없는 재미난 세상이/ 아니고/ 그 무엇이겠나이까? (이상. 땀에 젖은 '지게신'이 함께 하시다. 어쩌면, 그 옛날부터 전해 내려온 거짓말 같은 몇몇 전설처럼 보이기도 함. 동시에 자연히 물맛 좋은 물이, 사람다운 신이, 살아남. 사고 파는 죽음 없음! 더욱이나, 앞으로는 홀라당 벗겨서 정신까지 빼 먹은 종교 없음!)

"오직 주 예수님, 네게 생명을 주사, 참된 만족 주시네" ("말이사" 또 다시/ 저 바다에 놀라서)

종교문명사→ 종파전쟁사→ 생물박해사 (도덕 불감증 1호)

「단풍잎」을 보면 캐나다가, 미국을 떠올리면 잘 볼 수 없던 「독수리」가 저 바다를 넘고 있다. 두고 두고 부드러운 작은 미소들과 푸르른 물결들 밀려온다. 그 어려웠던 시절, 함께 울어준 친구들을 그려본다. 지금은 두려움을 씻겨주는 작은 동네에, 작은 잎 새, 작은 깃털로, 타이르신다. 솔바람 따라 기도 차 날아오르신다. 두 손 모아본다. 「잘 보존하면서 나눌 몫이 하도 많사와 촉촉이 꿈 비를 맞으시는 커다란 자원신이시여! 미물을, 혼혈인 우리 님들을, 원주민을, 인간미 더 했으면 더 했지, 결코 못지 않는 사막 신들을, 연어처럼 모두 맞이 하옵시고, 다시 한 번 「무기」와 「범종파」와 「유람선」을 처음대로 거두소서. 다시 한 번 더 낮은 자세로 태초 청빈을 보여 주소서. 」

여러분! 오늘도 「큰 반석」을 천막 안으로 재끼자 간장 종지기가 굴러 나왔습니다.

「예수와 정교회」는 총이 아니요. 「생 자본, 선 소비」도 아니요. 「죽음이 푸르러진 밀밭 흙 향기」라 이릅니다.

새들도 샘을 찾습니다. 내 마음의 샘 바위를… 물 맑으신 어머님을…

「깊은 산골에서 희디 흰 눈 세상 속에 밝은 마음으로 살고 계실 똘님을 생각하면 저 역시 마음이 맑아지는 것 같답니다. 몸은 어떠신가요? 완쾌가 되셨나요?…」 (무너질 때면… 산울림이 되시어)

솔방울 같이 앉았건만,
우리 촌 부모님 노을 진 세월이 그 몇 십 년 이셨던가?

아! 언제쯤이면, 「우리 식구」라고! 「우리 어머니 묘」라고! 「우리나라 땅」에 「우리 모두의 님」이라고! 맘 놓고 부를 수 있으려라!

「살아있다는 생각」.
나는 이미 죽은 것이다

그것이 사랑이었던, 배가 부르던, 눈요기가 되었던, 귀를 즐겁게 한 순간이었던… 받을 것이 없는 사람들에게… 이 낙엽 한 잎이 될 수 있다면… 이보다 귀한 마감이 또 있겠는가. 피 울음 진 혼백이 산천에 떠돌아다니심을 체감할 때, 수저를 들 때, 보이지 않는 손이 들고 있음같이/ 뒷덜미가 뻐근하고/ 목줄이 젖어들고/ 한줄기 가슴속 불길이/ 확/ 번져/ 오를 때 (나는 당신으로 인해 같이 죽은 것이다.)

살았다

죽은 것이다.

가? 지금은 물이다. 축축한 사람이다. 축축한 사람이다.

나비처럼 나르듯 떨어지는 어린 새를 보았다. 꽁지는 빠지고 날개 쭉지
는 뿌러졌다. 무엇이 둥지를… 눈가에 이슬이 맺힌다. 손바닥에 온기를
남기고 눈을 감는다. (불쌍하다 정말 불쌍하다.)

아무리 추워도
콩알 곁에 누우면 몸이 녹아
콩 껍질 맛나게 먹어주니
청아한 눈빛으로 맑게 비추니
하늘이시다

인간의 죄 크다
어찌 고기로 보나
그대 풀내음에
숨 쉼에 기쁘다

가장 가까운 친구
다시 옛날로 돌아갔으면
서로 신으로 모시고
훈훈한 마음으로

두루미, 왜가리 난다
평화롭다

다음 생애는! 소!

의문사

이 퍼붓는 눈송이 속에서
새 둥지마저 없는 너희 넋들이여
얼마나 많은 억울한 영혼 송이가 떠돌고 있는지를
님께서 지금 묻고 계신다

당신의 본모습은 무엇입니까?
사랑입니까? 대참사입니까?

아래로 아래로 갈수록
인간성은 빛난다 진실하셨다
귀도 따라 먹었다고 했다
모두들 잘 부르지 않는 주문들을 외우신다
인사도 만찬도 도시락 깻잎도 고추도 부침개도
쉬어버린 판결문도 널리 널리 펼쳐 주신다

향기

사람 사람은
원래 향기롭다

예외로
겉으로만 예쁜 사람
종교 허물을 벗지 못한 자
헐벗지 못한 이들
특권의식에 물든 자
살생한 고기를 먹는 자
물과 공기를 더럽힌 자

인생

짐에서 짐으로 왔다 간다
돌에 이름 새기지 마라
신의 이름으로 축적하지 마라
미끈한 말씀을 믿지 마라

껄끄러운 가시밭길 찾아 나서라
작업복 이외에 바꿔 입지 마라
잘 먹고 좋은 데 가기 위해서
이 세상에 온 것이 아니다

따스한 흙 땀에 새기고 떠나라
곧장 날아가거라

인생이란
모두가 향기로움 하나로 남김없이 썩어간다

오! 그대!
맑은 공기 한 호흡이셔라
맑은 눈물 한 방울이셔라

소금

성공회 대성당
6월 민주대항쟁의
명동성당과 하늘이었다

광주 5적 처단하라
피 끓는 목소리는 거리거리
순수한 학생, 시민이 바로
진짜 소금이셨다

그중에 맛나는 고두밥이다
된장이 된 여학생들을 잊을 수가 없다
미 국기를 가슴으로 찢어버리던?
대전묘지의 소복 입은 여인은
왜 청송이 되었을까?

내일 만납세!
일당백 어머니가
정의가
민물고기 철새 먹이 나누며

홀딱 벗고

맨발로 흙과 이야기 나누며

낙엽에 묻히자

춤추는 주전자

남평공소 빙빙 잔치로다
맛있게 잘 먹었대요
오만가지 약초, 과일을 넣었지요

하늘로 올랐다
온 산하를 따라가며
노래하며 춤을 추는 우리 할매들

하오나 고개를 들 수 없어요
진달래 새 각시들이 왜놈 손에
눈뜨고 볼 수 없네요

소녀상과 성모상에
잔을 돌려라

공동체

통이 빈 성인상이다
금동목각상이다

굶어 죽어 가는데
선교 새벽 기도회에
아무나 돈 봉투 건네고
뭐? 천국간다고?
이래도 공동체냐?

알고 보면 지옥 가는 공동묘지야 (땡)

죽음

수련, 수국, 수선화, 접시꽃
너는 없다
꽃거름일뿐
다 죽어 떠받드니라
죄송합니다

감자 잘 먹고
죄스러워

잘 될 것입니다

인디언

항공모함을 헐자
옥수수를 싣자
원고향 아프리카로 가자

히말라야 야크다
알래스카 순록이다
오세아니아 양떼들이 모였다
하늘로 뿔이 솟았다

금덩이 혈족, 핵무기 철거다
농산물 무기화, 매점매석을 박살내자
목화보다 따스한 인도, 동남아 친구들
티벳, 몽골, 네팔의 마음을 열자

다음 세상에도 나는 간다

진정 성실한 님들은
달밤에 별밤에 이렇게 한숨지으며
돌아서서 눈물지으십니다

내일도 모레도 일 시켜 주십사고
같이 벌어먹고 사시자고
참으로 눈물겨워서 쳐다볼 수가 없소이다

여봐라! 못 참겠구나!
하늘 북을 울려라!
(심신장애 어르신과!)

그대 오늘 하루 근근이 지내셨는가
그대 내일 하루 연명해도 좋겠는가

신

신은 절을 받는다
웃음으로 받지만 속은 날카롭다

왜?
고요하니까
내려다보니까
편안하니까
죽고 싶을 때 죽을 수 있으니까

고고하시다
이 속에 도둑놈 심보가 있다
보이지 않는 철조망을 걷어낼 줄을 모른다
한 번의 미소도 흙빛으로 돌아서신다

때때로 피눈물은 닦아줄지언정
뚫린 가슴
앙상한 뼈마디
그 숲과 물은 찾을 길 없다

개똥참외일수록 속도 푸르고 향기도 그만이더라

자연은 자연 그대로 놔 둬야지
숲은 어두운 맛이 있어야 깃들지

개구리 소리

좋다
맑다
처량하다
수컷들의 합창 소리가 애달프다
내 마음도 젖는다
좋은 친구들이다
위로자시다
(꾸어먹고도)

산신령 영혼

샛 도랑에 잠겨오는 버들붕어와
찰거머리까지도 바라보고 살고 싶었다
얕은 바닷가에 그 많던 굴과 새우,
살살 바위 아래 손 내밀어 잡던 그 많은 꽃게와
손에 칭칭 감겨들던 낙지며
크고 작은 어여쁜 조개들은
지금 어디로 가고 있을까
(엄마품으로)

주교반지

지중해 난민이 밀려온다
난파선으로 몰려온다
로마는 불타고 굶주림에 죽어간다
쪽방, 노숙자께서 명동밥집으로 찾아오신다
꽃반지 팔 예수는 생색내기에 지쳤다
비닐봉지보다 따끈한 국물을 빼슨 분홍색 님을
우리님은 죽어서도 기도하시리라

봄 눈

봄 산에 또다시 눈보라가 휘날립니다
적갈색 굴참 잎이 떨고 있습니다
푸르자 하시던 엊그제 님들이 고개를 숙였습니다

샘물

누구나 샘가에 웅크리면
거울같이 맑으시다
생기가 콸콸 넘쳐 일어나신다
다들 참 맛나게 아름다운 사람들이시다

어두무리 할수록 숲속은
맑은 시냇물 소리와 맑은 새소리가
사랑이란 개념도 없이
오로지 흐르는 향이셨습니다
여울지며 흐르셨습니다
(얼싸 안고 얼마나 울었던가)

장마철

잘 익은 과일들이 뜨락에 줄을 섰다
과수원 능금이 축 처지고
참외, 복숭아가 쓸려 내려온다
노루, 염소, 양, 토끼들이 체온 조절을 한다

집도 절도 없는 나 같은 걸뱅이들이 밤 나뭇골에 온다
움집 나그네가 불을 지핀다
물에 빠진 생쥐 꼴이다
마른 솔잎이 얼마나 고마운지
부모, 형제보다 낫다

붉은 흙물 강이 오래도록 소란스럽다
비탈진 밭이 깊이 파여온다
비야 고만 와라

봉화치 공약 (탄소중립)

맨발로 오시길
술, 담배, 커피, 1회용 비닐, 플라스틱
일체를 금지한다

뒷거름이 향기로워야 한다
고기 먹은 배는 가스불로
기후위기, 비상선언에 동참하고
산 도라지를 높이 받든다

짓밟는 행렬이 장례길이다.
남평리 28번지, 손대지 말라
홀라당 보호하자
어머니와 손잡은 아이들 환영
흙내음, 꽃내음, 인간내음 나누자

촛불

촛물이 눈물이시므로
그 뜨거운 촛불은 흥겨움이시다

'학력철폐'로 '가진 자의 개발'도
그래서 결국은 '신들의 장난질'도
예! 우리네 이 맑은 가슴으로 맑은 물로 다 씻어 내십시다

그 남은 촛똥가리를 모으면
이 백두대간 곳곳의 마지막 샘을
저 아름다운 우리들의 미래 주인공들 꽃송이에게
물려줄 수 있습니다
이제 우리는 서로 위로하면서
얼싸안을 또 하나의 향기로운 마당이 필요합니다

햇빛 비치다 눈이 오고
눈이 오다 비가 오다
가축들도 왔다갔다리 하다
빈손이 맞다
갈 길이 얼마 안 남았다
바람이 분다
오늘 아침도 이유 없이 운다

청숫잔 맑은 물에

"산돌아 또 따라 왔써"
비바람이 오를수록 몰아친다

"야! 물부터 먹어!
풋 감자는 밀어내고 다른 건 잘 먹네"

해바라기 들기름에 살짝 데친
아주까리랑 개두릅이랑
뽕잎에 멸치 대가리 하나를
도시로 못다 가져간 새까만 된장 한 항아리
깻잎에 콩잎에 도라지에 마늘에
더덕에 고추에 개살구까지 박아 놓은 것에
해바라기 기름 외엔 솔님이가 지은 것은 없었다
그녀의 할머니가 담그신 것이었다
사실 산돌이가 남긴 것은 더 많았다
솔가지에 지푸라기에 꺼끄러운 보리가시며
85년 4월 부활절이 시작될 무렵이었다

바로 생환의 기쁨이 냉동된 시체로 돌아왔다

(철조망 넘지 못하고)

솔님이는 오늘도 산새가 된다

그녀의 영혼은 어디론가

비바람이 부는 곳으로 날아간다

다람이 한 마리가 연초록 꽃잎을 따 먹고 있다

(미세플라스틱에도)

뻑떼기

건초, 꽃잎, 솔잎, 뽕잎
고구마 줄기, 칡넝쿨
쌀, 보리, 메밀, 고춧대, 수숫대,
옥수수 잎, 산나물, 개복숭, 꽃사과
돌배, 감자, 당근, 무, 호박 껍질
깻묵, 김칫국물, 된장 비지, 콩깍지,
삼, 도라지 대궁, 마, 황기 줄기,
꺾어서 흰 액이 나오는 푸성귀들
옹달샘 물, 산딸기,
때로는 소곡주, 발효주, 뜰 물, 숭늉,
자비로 부푼 마음, 소, 양, 노루, 말 새끼,
고라니, 산토끼, 산양,
무명용사와 행불자와 북녘을 외면하고
무얼 건너뛰려고 그러느냐?
이 땅에 족제비, 너구리, 구렁이들이 유독 떠든다.

우리시대
그 누군가가 핍박받는 인간의 향기에 젖어
흐르는 속눈물로
신의 꼴찌들을 남몰래 찾아가
얼마나 따뜻한 위로를
일평생 주실 수 있었나요?

아니면
종교를 넘어 해맑은 그 기운
늘 푸른 솔을 자비심으로
큰사랑으로 보셨나요?

아니면
꺼져가는 농민의 마음에
지쳐버린 감자와 양배추를
소리 없이 거두어 주셨나요?

무의식의 구름 조각들이 흘러갑니다
감자 섶이 땅으로 깔리자 광쟁이가 뒤덮기 시작했습니다
재두루미 날개에 온 힘을 걸고 나릅니다
'일제'가 12~15세 소녀들을 강제로 끌고 갔답니다
광목과 베를 찢어 혼을 부르며 넘습니다
'미제'가 효순, 미선 양을 장갑차에 깔아 죽였답니다
비탈 밭이 트랙터 골을 엎으며 쟁기로 찰땅을 만듭니다
방사선 폐기물이 줄여졌다며 원자력 연구 단지를 만든답니다
끝내 전자산업이,
영재교육이 전쟁을 부추겨 나갈 것입니다

벤처기업이 순수예술을 잡아먹을 것입니다 (땡)

"언제 한 번 배고플 때가 올 겨!
배때기 터져 나갈 때가, 사랑이 터져 나갈 때가, 신들이 터져 나갈 때가
돌아올 겨!"

봄

바로 뒤에 따라온 염소 새끼가
기분이 사는지 아주 멋지게
칼바위 위에 서 있다
이제 보았다
살폿 살폿 잘도 논다

이제 들었다
산 개구리가 옹아리고 있다
이제 맡았다
된장 시래깃국이 군불에 끓고 있다
꼬숨하다
화향한 달래 맛이 감돌아든다

위아래 파랑새가 첫 개구리 입 떨어지는 날
똑같이 앞 연못에서 날아오른다

뭘 더 주랴

뭘 더 바라랴
난생 처음 생긋한 물맛이었다
숨 쉬는 흙 기운은 내 몸 자체임을 느꼈다

흘러온 복숭아꽃이 퍼덕인다
새파란 나뭇잎들이 웨딩드레스를 맞이하고 있었다
보이지 않는 신의 성물이
오만가지 약초 뿌리를 흩어 내려
생기가 돋은 것이다

"친하게 지내에~! 어지간하면"
종파가 달라도
향이 달라도
이날을 바라보면서 반짝이는 눈빛이 말씀하신다

그 나라에 가면
관광객들 중에는 성전을 찾으신다
모서리마다 부처상이 성모상이 코란성전들이
커튼에 가려져 있다가
맞춤형 상품인 듯이 펼쳐진다

이 얼마나 산뜻한 신들의 전시품인가?
경건한 자들은 그날의 참수를
저들의 못난 짓으로
애써 잊고자 기도하였다

그 짭짤한 봉투가
귀하고 귀하게 쓰였음을 증명하지 못하는
그날에는 새들도 더 이상 울어주지 않을 것이다
님도 우리 곁을 칼같이 돌아설 것이다

두둥실 두리둥실

일렁일렁 반짝반짝 님을 싣고 별에 달빛
고이 담아 마른 꽃잎 띄워놓고 엎어졌소

집

집을 왜 지을까?
보란 듯이 잘난 듯이 나란 듯이
신전 밑바닥처럼 뭐 같이 지을까?

아침에 짓다
저녁에 떠나는 임도 계시는데
다들 내일 아침이 오기 전에
난데없는 죽음 앞에 곧추 서 보지도 못하고
선친 뼈 흙에 미안해 어떻게 짓지?

동자꽃

주홍빛
동그란
웃음보

삽사리, 아롱이, 길순이가
눈 감은 외양간 거름더미에
동 동 동자꽃이 피었습니다

소 장수 꾐에 팔려 갈 때 (아이고!)
돌아보고
또 돌아보던
님이시여!

작은 것들을 위한 시

우리 모두의 평화!
행복이란 것도
믿음이란 것도

눈치껏 남들과 같이 나가시라고
몸을 아끼시라고
말씀을 해주시는 분은
너무도 멀리 계셨다

저희 같이 배운 게 없는 벌새도
가진 게 없는 들꽃들도
일찍이 일가친척 떠난 참새들도
지구민국에서 무시당하지 않을 수만 있다면…….

아마도 나무 같이 맑게 사시는
지구 전체 사람들에게
다 여쭤보아도
진실로 공감하시리라

탄소중립

청빈

청빈

청빈

그 역사의 차고 더운 흐름 속에서도
던진 몸
날린 화살의
마지막 방향을 보고 싶어
안가는 소를
오늘처럼
고함치고
발로차지 말자고
잘 키울 수가 없어요
하도 배아파하는 세상이
왜 여기까지 왔는지를
저 고마운 산새 물새들에게
차분차분 쪼로록 쪼로록
안서러 덜서러
차랑차랑 물어보자아

뽐

5부 능선
뻐_ㄲㄲㄲ_으!
올해 처음 뻐꾹새 초성 틔우다

또 반가운 애애앵!
토종벌 맴돌다

날 저물 무렵
새 초름한 여기 샘터 물가가 따뜻한지
바로 아래 산개구리들이 뒷다리 감고 떠 있다

봄! 봄! 봄! 봄이다

얼싸 좋다!
살맛난다!

뽐!!

소망

꽃이 되고 싶습니다.
새가 되고 싶습니다.
좋은 거름이기를
연초록 지구
앞가슴이기를
부활만은 믿게 됨을

기득권

가진 놈들
배운 놈들
똥 깨나 끼는 놈들
순 도둑놈들
땅심을 짓밟아도 모르는 자들
뒷거름이 독한 자들
확 뒤집어야 할 밑거름이로다.
숲 향기로 어서 돌아오시길.
(미안 쏘리)

=

친구 = 개복숭아 / 평화 = 재두루미 / 사랑 = 항아리
민주 = 바느질 / 정의 = 뿔따구
힘 = 핵 = 꺽어야 / 자본 = 뼈 쓰레기 / 나누어라 = 식량, 의료 무화과
더 깨어져라 맹꽁이들아
잘 먹고 잘 살았구나.
콩국 점심 죽, 맛있게 먹고 보니 죄스러움이 크다.

아리랑

청천 하늘엔

꽃별도 많구요~ 오~

우리네 풀지겟살이는

즐거움이 넘치는구려 ~

아리아리 스리스리
아라리요
풋정이 났네 ~

차 별
무 시
증 오
폭 력
고 문
살 생
가 난
소 외
육 식
버 림
비 난
종교간 판매로 당하신 형제자매님께 농부님께 영광을!

삼가 바칩니다

하늘나라 슬픈 영혼들에게
새파란 보리 싹, 시금치, 봄동과
오고 가신 꽃나비님께
선녀님, 천사님들께
유목민, 과로사님께
피난민 하루살이 등짐꾼 친구들께
조선 들국화, 민들레, 참쑥님께

사람 떠나니

겉은 검으나 안은 푸른 콩
콩나물 해도 좋은콩
생콩을 단물이 되시도록
꼬옥꼬옥 씹으며 가셨습니다
이 꽃길 따라가셨습니다

사람 떠나니
과일나무도, 샘도, 마른 터에도
조금 짧고 수염 길고 회청색 도는 산 미꾸라지 가족이
기쁘게도 살아남아 있으셨습니다
진흙탕이 그제야 향기로왔던가 봅니다

왜 대자연이 제삿상으로..?

천년을 하루같이 땅에, 우그러져 희어져 닳일 듯 한 나무! 구별치도, 이름 짓지 말라는 어르신네들! 낭낭님! 당신처럼 너그러우셔라/ 너그러우셔라/ 너그러움 크셔라. 한 세상 돌아가, 이 꼬두리 순정향기 있음에/ 본받을 만하여라/ 하! 만고 취업자리 달아날세. 져 올리고 져 내리며 어울리던 그 옛날이 평화스러웠던 거라… 기계가 없어도… ♪얼시구나아~ 좋타아~ 너는 한바가지~ 나는~ 반바가지~

호두 댁은 3천여 평 밭에 잡곡을 심었다. 자연농사 짓던 땅을 도시에서 번 밑천으로 조세 저항 없이 어렵게 산 후, 갈아엎지 않아도 될 퇴비 좋은 오랍들일 더 많은 생산을 위해서 갈아엎고 비료 치고 비닐 씌우고 제초제를 뿌리고 때로는 땡볕에 3벌씩 풀을 잡고 들짐승과 싸우며 기초생산비 부부 품값은 없고 시름시름 아픈데 남은 건 고사하고 자연석을 캐내 축대로 쌓는 등, 생 핏 돈 황소 10마리를 묻었다. 남은 생은, 봄나물부터 아직 덜 익은 다래까지 자연에 도움을 받았다. 부지런 하기야 따를 이가 없는 진짜 농삿꾼의 거름이 실려 갔으니, 요즘 가을 김장용 배추가 크질 않는다. 속이 타니 들이 붓는다. 흙이 먼저 갔다. 부릉부릉!
친인척들이 바캉스 쉴 겸 찾아와 조금씩 팔아 주지만 밥값 양념 값 등은 없다. 오로지 자식 손주 뿌리 위해서 붙이고 챙겨 드신다. 도시로 흘어

진 나무가 푸르길 바란다. 하지만, 내년에는 반에 반으로 줄여서 '우리
먹을 것만 조금 지을려고 그래.' 한숨에는 내일은 없고 빚만 굴러 간
다. 그나마 내 땅이다. 흐르는 물이 있다. 남들이 좋은 데 사신다며 공
기 값을 주는 분은 없어도/ 흙을/ 붙잡은/ 돌과/ 뿌리와/ 풀들이/ 산새
들의/ 말없이/ 말없는 듯 한 환경 논리와 관계없는 듯, 저 전자기회주
의에 치우친 돈처럼 물길도 메말라가지만, 그래도 인심과 그래도 천심
에 의지하며 하나밖에 없는 이웃과 살다 가시겠단다. "우리 묻어 줘요.
토끼아씨!
어데 가지 마시고요." "헛허허! 저도 같이요. 그럽시다." 바라옵건데, 보
는 사람마다 엽전으로
보이지 않는 한, 가끔 '6시 내 고향' '지역신문' 중산층 위주로 살생에
분칠을 하고 뒷북을 치지 않는 한, 정말이지,

고독사 예방 -> 산중 스님학교로

「화해」 라는 이름으로 숨겨준 전범들!
「용서」 라는 이름으로 키워준 독재자!
「자비」 라는 이름으로 업혀온 종교계!

온 가족 남 좋은 일 하심이 틀림없으리라.

(청수잔 맑은 물에 매일같이 떠오르는 얼굴들 중에)

신은 어디에 숨어 계시고 인간은 어떤 가슴에 살아 계시는가?

"형! 형이 나만 죽이는 건 괜찮아!" 면상이 깨진 것은 길이 미끄러워 그랬겠나?

"짐 잘 지고 일 잘해! 내가 잘 한다 하면 잘 하는 거야!"

인간성은 살아 있다. 「앉은 기도의 힘」이 아닌 「원시 노동」에 인간미가 살아 있다. 겉이 아닌 속웃음에 마지막 인간이 살아남게 되어 있다. 이게 앞으로 신의 뜻. 인. 듯하다.

피 보지 않는 「후덕한 선신」이 계셨겠나?

저녁 8시께 죽으라고 벼가마 쌓는다고 그게 끝나는 일이요? (공 먹는 놈들이 누구냐고?)

이슬 먹고 피는 꽃! 영산을 바라보고 눈물 짓는 꽃!

큰일났따

판문점에 통일 꽃이 폈다.
아침밥을 들지 않으신다.
파티칸 어른이 오셨다.
베를린 헬싱키 코펜하겐 오슬로 등이 환호성이다.
반통일 세력, 똥강아지 언론 법조계 빠짐
금강산 병원, 알프스, 록키, 안데스, 원주민 영성센타 드심,
늘 푸른 음악인 모심,
아름답습니다.
철새, 남방 돌고래, 의문사 하늘로.

"이 물고기 밥이 되기 전에, 물맞이 가기 전에,
혼도 떠나버린 죽임의 문턱에 같이 서다오."
(선배 조상님들 앞에 얼쩡거리시들 마시고)

인도는 익어가는가?

단지 항아리가 묻히는 것은? 대문 없는 빈집에 들어와 뚜껑만 닫을 줄
아는 한,
양만큼 자시고 죽이고 가시라고… 미안하지만, 그림 속에 「운명체」는
몰라도 돼. 별나라 엄마가, 중국인 아내가, 일본인 며느리가, 베트남 처
제가 얼마나 우리 만큼 정 많고/ 눈물 많고/ 가족친지를 넘어 / 저토록
우리처럼 처음과 같이 몇 배 향긋한/ 대 자연 품속에서들/ 서로 평등하
고파/ 뜻 한 봐/ 뭔가 전통하나, 숭배하고파/ 가없이/ 베풀어/ 가길/ 원
하는지를…
「조상신」은 알리라. 아! 고향은, 우리엄마 고향은… 여기다.

새빨갛게들 작은 태양이 영글며, 맛으로 대결하잔다. 좋아! 우리 같이
쳐다 보는 아이들은 좀 봐 주고 어디 한판 붙어 보세.

우린 사랑을 못 배웠소.

세상 눈물을 보지 못했소.

(오늘의 사기 대상 일 순위, 이웃의 영양실조를 모른 체 한, 바로 나)

"어디어디 묻히는 게 중요한가? 왜왜, 와와!"

바우야, 너 스스로 오늘 하루도 낙엽진 이 아름다운 이불을 밟아도 미안
치 않겠느냐?

이 향기로운 네 어머님의 가슴에 묻혀 이 시간 눈을 감아도 원이 없겠느
냐? 만약에 그분께서 지금 네 모습을 지어 주신다면 머리카락이 눈썹이
콧수염이 턱수염 부리가 개구쟁이처럼 자나 깨나 웃음꽃 피어 날리며
입은 자연히 열려 있으며 턱 볼에 복주머니가 달려 저토록 눈물진 세상
을 삭여주시고 볼수록 안 먹어도 배가 부르며 위로 한 마디 자비 한 자락
번뇌 망상 한 소절 없어도 오가는 나그네의 벗이 되고 길이 널 편한 사랑
이 되고도 남을 마음자리 하나만으로 살아 갈 수 있겠느냐? 말없는/ 신
통을 지으며/ 넉넉히 지으며/ 편안히/ 네 가슴 상만으로/ 세상만사 모진
풍파를 잠재울 수 있을 수 있을 만큼/ 네 스스로/ 오늘 하루/ 님의 흙 가
슴에/ 여기 돌무더기 옛 님의 눈동자에/ 눕혀놓고/ 저 고인돌처럼/ 소리
없이/ 깎여지기를/ 바라

"어딜 가쑤?"
"춘자네 못자리 하러!"

"씨익~씨익!" 달이 졌는데, 어렵쏘! 둘, 여섯, 넷, 열 마리, 또 데려 왔구나. 어헛! 윗 연못에 장가 못간 녀석들 한 삼백여 마리가, 보시한 악어 잇속 눈 보이듯, 멀뚱거리던 곳에, 지붕 위로 「씨익 씨익 신호」에 따라 날개를 수평에서 30도로 꺾어 소리를 죽이며 내려앉았다.
고요하다. 한 마리가 한 끼에 몇 마리나 삼킬까? 청둥오리야, 지나가는 매연 차량에 눈길 한 번 주고 강물에 노니는 줄 알겠지만, 깨구리가 줄 어지면 그동안 자연동에, 저절로 농사에 급격한 변화는 안 생길까? 머잖아 새끼 치면 아랫 삼각주로 가지도 않고 한 팔구십 마리로 불어 날 텐데… 거의가 길 잃은 철새다. 밤이면 두세 번 날개 치는 소리는 분명히 산짐승들이 나타난 것이요. 물매들까지… 신들의 질투까지… 허공에 빙빙 돌면서 맛있는 식사를, 아니 생존과 대를 이을, 최소한의 양식을 구하러 산을 넘어 넘어 저렇게 굽어보고 있다. (우크라 하늘에 수호 천사도)

이 우리 동생. 우리누이, 우리들 어머니십니다. 오늘도 이 땅에 스쳐 가신, 그 많으신, 「마더 테레사」시오. 님의 현몸이십니다. 아마~ 어느 누가, 이 풀 이슬같이 가슴에 푹 젖어들듯이, 서슴없이 손 맞잡아 주시듯이, 이렇게 화끈하게 위로해 주리요. 그 힌두교식 뜻, 그 감리교회식 뜻, 그 풍습을 뿌리 잎으로 연두빛으로 넓힌, 수도자시여! 성녀가, 정부처가, 본 알라님이 따로 저 멀리 계시지 않음을 그 분은 진작 말씀하셨지요. 이 역시, 살아 계시는 모성애이심이 틀림없습니다.

당신께선 한사코 말리시겠지만, 진정 아름답습니다. 여러분께서는 지구 곳곳에, 산간 오지, 사막 천막 귀둥이에서 「자원봉사」란 말도 없이 숨은 듯이 피어나셨습니다. 참! 향기롭습니다. 마치 저만치 산도라지 꽃 중에, 어두운 숲속에… 백 도라지꽃보다 덜 드나난 자줏빛 도라지꽃을 겨우 만나 보듯이, 수십, 수백 년이 지나고 나서야 알아보듯이, 초록빛마저 잠재우듯이, 지금은 매연이 날아오는 어느 바닷가로 떠나셨습니다. 사랑합니다. 당신의 흔적들을 더욱 사랑하렵니다. 아! 아버지만이라도 인간세상 남아 계셨더라도… 다시 돌아 갈 것을. 안야, 지겨운 거야. 밑바닥에 인간대접 못 받는 이가 얼마나 많은가. 세상에! 단/ 한번만/ 이라도 / 사람취급/ 받고/ 죽는 게/ 소원인/ 이웃이/ 또한/ 그/ 얼마던가. 동시에 1945. 1. 27. 홀로코스트와 함께 무참히 당한 성직자, 인권독립운동가, 자유예술가, 가히… 이교도분들 떠올리며… (이 맑은 물 한 그릇이 나마 겨우내 눈 속에 젖은 들국화 향기 거듭 비비오니… 삼가… 받아. 주. 시. 옵길…)

아버지가 계신 친구는 아버지를 몰랐다. (접붙힌 분홍빛 찔레꽃 모종 세

그루가 산꼭대기로 올라간 뒤로부터)

"아무래도 애인 같아요. 교민회 총무님!" 스페인에서 일본으로 한국 도
서지방으로, 여기 아프리카 오지로 오신, 한 신부님은 딸같은, 어머니 닮
으신, 「참꽃 세 송이」를 모시고 오셨다. 나는 그때 졸지에 원주민의 골키
퍼를 맡다, 어떻게 허름한 샤워장으로 날아간 공 때문에 '여기는 옷 저
고릴 입으십시오' 라는 점잖은 훈계 한 마디에, '신자들을 두 동강 내었
다' 는 그 뒷말이 진실이 아니었음을, 두 이웃 교회 간에, 또 천장에 총탄
자국을 보면서, 「야자나무와 심술나무」를 건너뛰는 나는 각 중에 원숭
이가 되었다. 한두 군데 교리의 맹점을 봉 삼아 오랜 기간 흥망성쇄 있
었다 하자. 그럼에도 가장 낮은 곳에서 내 마음이 흐르는 봉사와 사랑이
쌓이고 또 쌓인 구교의 한 귀퉁이 가지를 붙잡고 험집을 내고 「성혼이
전 받는다는데… (눈이 오기 전에 먹을 것을 좀 가져다 줘야지.) 아무 곳
에라도 살아남아서 중교는 하나이므로 가족, 가족 간 옛날 얘기 나누며
남은 그대의 삶에 그분의 사랑의 깃발을 날려요. 올 크리스마스에 전하
는 「나」의 메세지랍니다. 오랜 세월 아팠던 상처들을 나 조금이나마 위
로가 되고 싶었습니다. 살려 내고 싶은 마음이었습니다.」

♪ 휘이~이~잉~ 씨이~이~이잉~ 바람아~ 부러어라아~ 무정한~ 바람아~
저~ 폭격에~ 사지를~ 못 쓰는~ 소녀를~ 어머니를~ 예수를~ 부처를~ 알
라를~ 휘이잉~ 오이향처럼 순 호박꽃 향기롭게~ 꽃바람아 부러라아~
우리 아들딸~ 당장 고향 가야하네~ 한철 농사가 시급해~ 씨이잉~ 제비
우짖는 소리가 그렇게 반가운 것처럼~ 쩝~째~쩹! (고향 가야하네에~)

아~ 모질다. 시들 줄 알면서 가닥진 진달래 두 송일 꺾는다. 연약하게 파르르 떪을 느끼면서 총구에 꽂는다. 앞가슴에 꽂는다. 머리에 꽂는 남자다. 죽음을 눈앞에 두고 마지막 위로를 만끽한다. (신께서 도와주시지 않을 때는 앞서처럼, 저 UN이 터지듯이, 지자랑‥ 지가 하듯이, 하오나, 아버지! 그림 낙서인 척 피로 얼룩진 꽃을 보고도 어머님을 뵙고도 전 어쩌란 말입니까?)

그대가 썩은 나무이구려 (저요)

신들이 계심에, 우리 가난은 커져 갔다

"씨부안년의 새끼! 님의 얼굴 쓰고 돌아다니지 말라 그래!" "어이구! 속 씨원하이 말씀 잘 하셨소, 벼슬 쓴 넘도 마찬가지야!" 남들은 기어오르 내리며 눈 빠진 골짝으로 산이야 물이야 시신이야 짐승이야 뭐야 안고 가는데, 그래, 망을 쳐 놓고 두릅 따며 생사람 잡으며, 상납 신 납품들이라, 그래서야 쓰겠소. 총알 같은 놈 하나 안 따와, 그래서 마누라한테 바가지 끌키면서도 손 안 되시는 여러 큰 어르신, 들꽃다운 산지기들이 아니신가? (저들이 더 짠, 이유인즉)

솔방울새 웁니다. 해지면 근처 오지 말라고, 우리 사랑 튼다고, 주고받으며… 참! 향기롭게도 우신다.

바로 등 넘어, 따뜻한 빵 한 끼가 꿈인, 신들이 울며 주무신다

누구라도 아무라도 귀신귀신 날 귀신 생귀신이라도 어차피 한번뿐인 삶! 우짠 일인지, 엎어지고 자빠져 피딱지가, 새의 가슴 흙딱지가, 더덜 더덜 하면서도 아무것도 아닌 날, 날 필요로 한다면, 일손을 구하신다면… 펄펄~ 울러 메겠소~ 짐만 지겠소~ 죽도록 짐만 지겠소. 사랑도 모르고 일만하다 가겠소. 나무 나무 나무님처럼~ 풀 풀 풀잎 꽃잎처럼~ 새 새 새 새~ 저렇게도 슬피도 즐겁게도 울어대는~ 님들처럼 "바람처럼 사랑하다 가겠소" 손 손 빌리지 않고 눈물 한 방울 떨구지 않고 내일 내일 여러 벗님들 따라서 그냥 홀러덩 벗어 던지겠소. 이 천봉산 바람 없는 바람꽃처럼 낮으막하게 님을 따라 스쳐 가겠소.

맥짜 이놈하고 싸우고 악수하고. 저놈 통 쇠 퍼주고 또 악수하고 이놈의 한반도 둘 다 얼마나 군사문화가 센지, 부녀자들을 계급으로 보는 신들과 같아… 오줌에 피가 흐르다 못해 가는 곳마다 주저앉고 싶어도 나는 이 봄의 웅덩이에서 피어나는, 콧구멍 백 개 달려도 빠져들, 이 흙 내음! 이 물 향기 속으로 나는 가야 한다. 기어 갈 수 있을 만큼 주물러 주셨음에, 나는 기필코 님 계신 거기까지 가야 한다. 반 보씩 앞서 나가시는 여러 성직자와 같이, 샘 찾는 뭇 사상가와 같이, 나날이 허물을 벗고 가야 한다.

그 유명한 사람들은 많고 많은데, 물고기와 새들과 풀꽃들은 '조직관리'는 모른다는데, 세상이 왜 이런가. 잘나가는 넋도 엎어져 다시 죽는가, "그것은 뱃속을 끄집어 내지 않아서야. 「젖가슴」을 내놓지 않아서야." 진정 자연다운 사랑을! 물 향내 나는 이 반선진적인 흙내음 나는 사랑을! 안 해보았기 때문이야. 뭘 알아? 나 같은 머구들아!. (농담이야) "토끼아씨! 너무 당돌하데요" "괜찮아! 9마리 새끼를 끌고 온, 눈 덮힌 내 양배추 밭, 어미 산돼지에게 고개나 숙여라!"

하려다가, 그들 전쟁광의 유사시 잠언록이 없어도, '기적'이 일어났는지 몰라서도… 언어는 다르나 따뜻한 미소로 엄지손가락에서 표시되신 「아름다운 우리들이 친구」가, 온 세상 나뭇잎 모두가, 우리들의 가족임을 보여주셨듯이, 그 정글속이 문득 떠올라서, 저희도 이만 가랑비에 옷 젖는 줄 모르고 떠납니다. 그러기에 침몰한 신의 길도 반 자연 반 성경 친 무기화 놀이이므로 계보도 족보도 핏줄도 닿지 않으신 그 사랑이 하도 따뜻하여 오늘같이 움츠려 질 때마다 한번 떠올려 보았습니다. 어쩌면 최소한 한 세대가 지나서 초월하신 그 사랑의 빛이, 더욱 소중한 영혼이 한두 분 뿐이겠습니까만, 오늘 이 청숫잔 마른 꽃잎은 참 향기롭기만 합니다. 아~ 작지만, 평화 새 한 마리! 참! 손잡을수록 따스한 눈빛이 맑기만 하셔라! 돼지 인플루엔자를 모르던 그 시절이 다시 그립습니다. 산 넘어, 저 고개/ 넘어/ 오로지/ 인간성/ 하나로/ 이스라엘 우방처럼 「첩보 활동」이란 꿈에도 생각지 않으시고 살아가신/ 선생님 집안을/ 언제 한 번/ 뵙고/ 싶습니다.
(사물놀이와 어울리는 숲 콘서트를 준비하면서)

"가물어! 다 타죽어! 콩 때가리만 올라오다 말었써!!"

'머가 올라 하네야' '소나기 치겠서!' '우린 철수 합시다. 우우박이요 우박!' '여긴 지나가는 빕니다아.' 2초 3초 뻔쩍! 뻔쩍! 우르르~ 꽈꽝! 쏴~아! 아버지 ~! 아버지를 만나러 가는 길이 이처럼 험준하고 겹다고 먼지 몰랐습니다. 때로는 혼자 걷는 누이의 입술이 이 9부 능선 단풍잎처럼 오를수록 순 붉게 타들어 가시는 것은, 밤이슬처럼 젖다가 쏟아지는 어느 둥근 사랑에 감격스러운 눈물을 아니 보이시는 것은, 어딘가 흐느끼시는 님이 어느 천년 숨어 있으신 건 아닌지요. 어느 만년 숨겨두고 가실 건지요. 맘 놓고 맘 탁 놓고 아주 파묻혀 한 없이 울어버릴 당신이 어디쯤 가면 나타나실 건지요. "쏴악!" 이처럼 방글방글, 입 넓게 우리 가슴 넓히게 순 맑은 향기로움으로 떠날 건가요. "콰쾅!" 어쨌든 혼자가시면 재미 없어요
천녀님들! "뻣쩍!" 애인이란 속삭임! 한가슴으로 스미는 그대는 훤하신 모두의 이 천둥소리 치고 나가는 숏팅만 있었다면 저 청기어린 잉태의 속삭임만 있다면/ 우리 모두의 애인이/ 님의 숲속에서 흘딱 젖어 잠들다 해도 좋으리. 여한이 없으리. (밉긴 좀 밉지만)

"어제 농협에서 살충약을 샀는데, 또 번진단 말이야! 점점 독해!"

빨랫돌 기도

옹달샘 맑게 흐릅니다.
팍!팍!팍! 씻깁니다.
방망이가 신이 났습니다.
군부독재 아들이 엎드립니다.
총기류, 화약류가 빨립니다.
어리석음에 눈물짓습니다.
승리경쟁, 조직의 노예화가 헹굽니다.
자연의 흐름, 혼인을 막지 않았습니다.
여성이 앞서 세계를 살립니다.
대(大)를 지우자 어머니를 모십니다.
빨래터는 자유와 평등의 장터입니다.
민주주의 만세소리입니다.

넝쿨들 사이로. 그 믿음이 썩고 썩어… 향기더미로 변한 퇴비무더기와 같이… 뒹구는 개똥참외가… 님의 옛맛이었나이다.

그 신과 그 재벌 병원 앞, 도저히 담배냄새 나서, 소형냉장고 소리가 나서, TV만 보아도 비닐장판지만 보아도 미쓱거려서, 미리 준 방값을 선선히 돌려주면서도, 온 미소로 '어디가 아파서 오셨느냐'고… 또 가게주인께서는 진지한 경험담으로 '오진이 많으니 함부로 수술하지 마시라'고… 내 몸을 보시라고… 근처 감자 농사꾼은 한참이나 딸딸이를 세워 놓고 같은 시커먼 촌놈이 안됐는지 강냉이를 풀어 놓으시고, 병원 봉사자요 천녀님들께서는 그 변함없으신 맑은 미소로 핏기가 없으신 듯 불쌍함이 스치면서도 우리같이 버려지고 「못땐 짓만 하는 녀석들」을 그 누구나 따뜻한 인정을 손수 건네주시니… 아! 이것이 사는 맛! 참으로 오랜만에 느껴본 '천상복락' 이 아닌가! '일용식품' 이란 무엇인가? 그날 그날 갈아엎는 것? 이름 하여 「순복지비」「인체장사」로 얻는 모든 수익은 거지가 되어도 영광스러운 것이나니, 모두 돌려 드리신, 이름 밝히지 말라는 의료진 여러분과 기사님들에게서도… 난 가슴 뭉클함을 느꼈다. 이대로 죽어도 좋아… 뭐라도 갖고 가자. 이 세상부터 감사할 일이 더 많음을 몰랐다. 또다시 쇠몽둥이로, 저들의 횃불로, 태워 죽이는 한국이 아닌 한… 못 다한 한이 남아, 앞으로/ 그 무엇으로/ 그 무슨 농사로/ 어느 지게업으로/ 죄끔씩이라도 업고지고/ 저 피고지는/ 꽃향기처럼/ 골고루/ 나누어/ 드리고/ 일찌감치/ 떠날 수 있을까? 공해덩어리 이 몸뗑이 하나 건사하지 못하면서… 가만, 이 정도는 양이 안차는데… 좋은 방안이 없을까요? 여러 나비님들께서는… 혹시? 비오는 날에 날개를 접고 계시니. "저희 같이 꽃잎 속에 둘만의, 우리 님만의, 사랑과 평화가 아니시기를…"

여보! 여보시오! 지게질은 내 조금은 하오! 날 일 좀 시켜 주시겠소? 품값은 괜찮소만, 과년한 꽃도 좋고/ 해묵은 정도 좋고/ 누이 같고/ 어무이 같으시고/ 달덩이 같고/ 오만 장아지/ 담근 단지 향아리 같으시고/ 실례이오나, 가슴 크고/ 엉덩이 크고/ 흙마음일수록/ 더 좋으니/ 모성애 하나만/ 간직하시어 있는 대로/ 퍼주시어/ 나를 부릴수록/ 예쁘오니/ 꺼지고 터지는 우리 작은/ 지구촌 하나/ 건질 것 같사오니/ 지발 좀 날/ 그 「풍요로운 원시사회」에/ 머슴으로/ 저들신의 수제자로/ 실컷 일 시켜/ 잡수시구랴. 물이/ 물을/ 엎어놓고, 「한 마음」, 「두 마음」 하시기 전에, 「나」와 「우리 일꾼들」 마저 기아선상에 이르기 전에/ 신들의 전쟁이 길게 가기 전에/ 애초에 미신과 귀신이 돌아오기 전에/ 참말로 좀 부탁하오. 부탁해! "우리엄니 향 가슴에서 당장 쫓겨날라 카나, 꿈 깨라꼬!" "실은 그게 아닌데… 꼬르륵~ 꼬로록~"

당신의 넓은 수수대궁 다발이 저희들을 폭우 속에서 건져 주셨습니다.

고맙소! 이 솔바람에 곁들어 널리 불어오는 통 가슴으로, 들 샘 향기 날리는 목소리로 웃음 깬 뭉친 고향의 정으로, 물도랑 흐르는 맑은 기운으로, 점심 후 노곤한 시간에 들려오는 들판의 아낙네들이시어! 야! 힘이 나오. 벌떡 자빠지게 생기가 나오야. 투박하시면서도 차지고 개운하면서도 간담이 서늘할 만큼 순정이 묻어 있으시니, 와! 어찌나 향기로우신지요.
살맛이 나요. 이래서 우리네 상차꾼이 지게하나 똑바로 배워 살았다니요. 산천이 좋아/ 인심 좋아/ 거짓이 없으시고/ 악이 없으시고/ 우스메소리/ 흙고물로/ 묻혀서/ 날려 주시니/ 바로 이걸 두고/ 하늘 우러러/ 여성이면/ 태아부터/ 모두가 한 가슴으로/ 한 아버지에/ 그 주인이신/ 우리들의 어머님! 이/ 아니신가 하오. 저 까마득한 사랑 이제 당차게 불러도 괜찮겠지요. 보시듯이 여기 마굿간에 건초간에 '지방사람'에 '만신'에 차별도 구별도 없는 흐름을 보았으니, 오늘은 발 씻고 한잠 퍼들어 자고 이 길로 넉넉했던 그 호박구덩이마다 거름지게 공가 놓고 말을 타고 걸음아 날 살려라 내 빼도 넌 좋을 끼야. 샘파다 난 죽을 끼야. 똥바가지 내 던지고 날 꽉! 자빠트려도 그기요, 범벅이 되어도, 꺼내다 또 빠지던 그날처럼 바보같이 웃다가 죽어 갈거야. 핫하! "어디래요~ 오" "「재넘이 샛말」 이상 없습니더어"

당신이 남긴 밀 보리 짚단이 저희들의 따뜻한 둥지가 되었습니다.

"안 괜찮다니~요오. 누가~ 뭐라~ 한다니요. 토깽이~ 수고~ 해~ " 왔따메! 넘친다니요. 넘쳐 넘쳐 깻물이 콩물이 순사랑하 천상강물이 김치 깍두기물이 청국장이 옥씨기와 감자로 빚은 이 인간미 넘치는 샘 샘 샘물이 천년만년 넘치시나니, 터널 터널 고속터널 만은 이제 그만 안 뚫었으면, 이 곳 만이라도 첩첩산골 그대로 두었으면… 우리가 주인 되시는 날! 옛날로 돌아가시리니, 그대 정두고 갑니다요. 님이시여! 이제… 아팠던 일들은 돌아볼수록 아름답습니다. 그 산과 그 강을 사랑합니다. 얼굴은 뵙지 못했사오나, 우리 할머니 일평생 쓰시다 콩물이 다 닳아 빠져, 헛그거! 합죽해도 하하! 뭉퉁해도 호호! 이 호미자루로 작년 잣을 까다가 죄스러운 마음으로 여기 진달래 상상봉에서 산 향기 꽃향기에 실어 아주 멀고먼 선생의 세상으로 실어 보냅니다. 07. 4. 25. 15시 5분께 「선진공해」에서 가끔 내뿜는 매연

숲속의 맑은 물은 깊이 흐를수록
믿는 돌이끼에 젖어 들었다

그이가 멋 낸다고, 촉감이 좋다고, 날아가신 곳, 찾으면 금방 멧돼지처럼
튀 달아나는 곳,
뭘로 만든 사당들인지, 숨구멍이 헐어 버리는 곳, 벌이며 나비도 거미도
짐승도 며칠간 근처에도 오지 않아서 솔옹이 산더덕 산쑥 곰취 들향이
모든 생의 여린 가슴을 잠시 쉬게 하는 곳. 아! 그 곳은 없는 신! 넘어 넘
어 가서, 죽음을 넘어 서서, 총구를 꺾을 수록, 부모형제가, 아이들 눈앞
에서 스스로 숙달된 신의 이름으로 다시는 죽임을 아니 당할수록, 핵의
공포에서 벗어날수록, 내내 돌아오시는 곳, 그곳의 깊은 신의 물기가, 그
굽이도는 사랑이, 여기 6월의 누우런 밀 보리밭으로 향기 좋으시게 바로
찾아오게 함이 아니실까?

♪빈산에~ 사아라도~ 나는 좋아~ 텅 빈 나무가~ 나는 좋아~ 「불이 화를
냈다. 왜 자기에게 끝이 좋지 않다」고 말했냐는 것이었다. 「토」는 이렇
게 이야기 해 나갔다.

「어머님마저 가신, 최우혁 아버님과 당신 말을 하고 지난날들을 얘기했다오. 모두 잘 있다고 전달 말을 하래요. 산나물 쭐거지랑 콩이랑 잣을 잘 받았다오. 잘 먹을게요. 작두질로 키운 송아지, 양, 거위, 말, 강생이, 염소들이 자유롭게 풀어갈 세상이 오기를… 자연 벗 삼아… 우리 여름 되면 한번 갈게요. 이만하고… 저 하늘아래 건강히 만날 날이 있기를 기대해 보면서 소식을 전합니다. 1998. 2.2. 박정기 붙임」

예! 지금 함박눈이 내립니다. 이 저물어가는 지게꾼. 님들의 향기 찬 통 점처… 내리 북직하게… 참! 보고 싶습니다. 옛 어르신! 내내 부끄럽습니다. 지극하신 마음 편지에 괜히, 또 앞이 흐립니다. 쟁기를 잠시 꽂겠습니다. 아시듯이 저흰 오갈 곳 없어도… 골타면 흐르는… 어딘가 꽃다운 열사 분들의 가슴에… 감히, 맑은 물 한 사발에.. 푹 숙여.. 젖어드는 어떤 결의랄지.. 왜소하나마, 님들을 모실 수 있길 빌었습니다. 과연 이 땅에 피눈물의 씨앗을 주신 분은 누구 십니까요? 오늘도 깜깜하기 때문에 말려 둔 파랭이 카네이숀 민들레 진달래 싸리꽃을 마구 엮어 봅니다. 여러 부모님께 우리들의 벗들께 올리겠습니다. 여기 청숫잔 넘어 흐르시는 우리 해맑은 눈동자! 산동무들 다 풀어 드리겠습니다. 하오나, 그

296

「대단함」이란, 감히, 지나치건데.. 「요한 선지자의, 광야의, 독사와 메뚜기의 삶」에 비하시다니… 말씀입니다. 당치 않습니다. 아버님께서 가끔 김구 선생님 장례 날 부르셨던 곡절답게.. ♪아!~ 우리 배달겨레~ 한으로~ 정으로~ 얼룩진 세월~ 언제쯤~ 제대로 한번~ 여울 저~ 맑고~ 푸르게~ 흘러~ 가겠습니까~~ 날마다 향기롭게~ 흘러~ 가시겠습니까~ (우.리.모두.. 모정어린.. 강산으로)

또 하나: 반딧불 흐르는 숲!
(밤낮없이 흐르는 사랑이라고, 깍깍! 하다가
님을 만나면 까르르! 까르르! 하시듯이
진짜배기 해맑으신 포옹이란…)

'미군 유류 수송관 토양오염 심각' (신은 왜 옹졸하신가? 이 산토끼들이 사랑하는 자유의 여신은 똑바로 응답하라. 오버!)

어느 핸가? 전국적으로 또는 부분적으로 국회의원 출마자를 낸 종교단체가 몇몇 있었다.
그 위력적인 자금은 대다수 어떤 분들의 쌈짓돈이며, 그 성금의 목적은 타당한가? 그럼에도,
두만강을 넘어, NGO 다음, 선두에 서서, 동포애를 물심양면으로, 물불을 가리지 않고, 전달하고 지어주고 운영하는 등, 그 따뜻한 정은 진정 아름다웠다. 인간적 순수성! 그대를 두고 보자. 휘! 휘! 젖힐 만큼 술도가지에 잘 빻은 누룩을 넣었는지 어디 지켜보자.

마치, 갈기갈기 찢어 놓은 마른 오징어가, 세계적으로? 유명한? 님 님의 태양 식당일세.
(안주거릴세. 자연자원은 어디 가고)

농사일에 스포츠가 아닌 게 있나요. 양식이, 먹을 양식이, 급격히 모자라
는데, 이 몸이 들판인데 놀아도 되나요. 옛날 그 옛날에 어떤 광부님 네
들은 금을 캐시자/ 하늘도 놀이삼아/ 금광도/ 선수촌의 저 무수한 눈물
도/ 다 앗아 갔대요. (모두들 쌀농사를 나 몰라라 했대요.)

오랜 세월 풀씨가 날아 왔습니다. 꽃길에 앉아서 그림을 그렸습니다. 마지막 길을 밀어 버렸습니다. 비가 오니 알아보겠드라고요! 짐이 한쪽으로 쏠릴 수 밖에… 막 빠지는데… 저저! 조금 앞에 건너간 까치살모사는 요령껏 지나가고. 예! 신의 동문들이, 잡은 대학문이 닫혀야 할 이유 중에 하나이건만! "약 치는 거 배워야지, 힘들어. 풀 잡을려니" (안 잡아도 되는데…)

캐다 보면 뿌리와 뿌리를 캐다 보면 황홀해질 때가 있다. 사람의 몸 가락보다 저 능선보다 어떤 신비스러움에 뭉클해 질 때가 있다. 어쩌면, 「미와 법과 수학」의 영역을 초월한, 그 유전자 실뿌리에는 수세기전 이 맘때 이 맑은 공기와 물, 흙살에 배어드는, 이 생긋한 향기를 이끌어 내는, 그 무엇이 인간성으로 되돌리려 함은 아니신지 모르겠다. (당신과 나와 샘 사이에! 원초적 물의 모독만 없으시다면)

잊으라고! 상처를 헤집지 말라고,
아물기 전에 지구상에 「핵 전함」부터
공개 폐기 하라고!!

인류는 막다른 길로 가고 있다.
그 물과 흙에 대한 모독이다.
신들은 죽었는가?
「내」가 하루 더 살아야 할 이유가 있는가?

저토록 갈라진 님들께서도 아무도 실타하지 않으셨나이다. 님들의 부러 뜨린 가지들, 바람 좋은 음지에서 한 3년 잘 마른 당신을 안을 때면, 그 어느 신선이 되었는지, 저도 따라 날아갑니다. 둥둥! 떠다닙니다. 당신의 마음결을 켜다보면 솔솔히 향향히 누구라도 사랑하라고 말씀하십니다. 굴러갈 바우떵이 저만 그런가요? 이제는 기대고 싶습니다. 멈추고 싶습니다. 돌꽃이 돌이끼가 마르기 전에 산산이 물물이 샘샘이 맑고 맑게…
억만 년 흘러 가고 싶어하십니다. (신평화의 코앞 군산복합체도)

"야! 뿔 좀 큰 암놈아! 왜 배를 떠받았써?" "수놈이 안 보이니까요." 핏빛 양수가 터져 운다. 벚나무 아래 묻었다. 새끼가 보고 싶은지 온종일 운다. 지겟길 따라서 잉어도 저렇게 눈 마주 치면서 어미 곁에 모여 팔랑 거리며 살아가는데, 내 잘못이 크다. (수컷총기를 녹이며)

발길이 가는 대로 임이 계시니까. 소똥 닭똥 돼지 똥을 치워드리면서 노을이 물들면 바다건너 사탕수수밭에서 고향산천 따라, 「가요무대」따라, 우! 모여와, 부둥켜 안고 흘러간 노래 부르시면서, 임의 눈물 닦아 드리면서, 그 안에, 언어도 인종도 피부도 나라도 과격한 종파도 다 뛰어 넘으신… 오! 본향, 본신을 찾아다니는 흙바람 길에… 그대 무슨 꽃을 심으셨나요… 나 나 씨받아 가나니… ♪아~ 고향산천~ 그리워~ 무을~ 맑꼬오~ 인심~ 죠오튼~ (나무가 될꺼야. 혼이 깃드신 「물의 나무」가 될꺼야…)

저 깨끗한 뱀이 난데없이 피투성이가 되었다. 머리 꼬리 몸통이 참혹하게 잘려졌다. 너 때문에. 휘발유, 엔진오일, 풀치는 기계신 니 놈 땜에 산천이 들썩인다. 보이지 않는 생명들이, 「발사」「디스커버리」「연구망구」「최첨단 기술」들이 토막토막 써린 네 신의 간을 먹고 있다. 암! 편리하지. 핵우산 아니라 그 무슨 연장이라도 뻐떡서서 보이지.

기전에 어떤 교리로 눈감기고 거더 들리는 것은 우리 같은 꼴뚜기요.
미역이요. 약품처리가 안된 미이라에, 늘 꾀재재한 나의 가슴들이셨다.

착한사람 그대로 죽어서도 착했습니다. (나같이 약아 빠진 사람은요?)

♪아~~ 미련 없는~ 사랑!! 흘러 버릴 수 없는 녹수!!
(당신은 여태까지 뭘 하고 계셨습니까?
마실 물마저 축일 사랑마저 없지 않습니까?)

이 세상에 태어난 것은 잘 먹고 잘살기 위해서도 아니요.
못 먹고 못 살기 위해서 던져진 것도 아니다.

산비둘기는 아니고 산까치보다 여윈데 남빛 날개에
청자 빛 꼬리를 한 새 한 마리가, 아무도 없던 촌 부엌에,
매달아 놓은 씨앗들 그대로 있고, 동지를 틀 시기도 아닌데,
놀람도 없이 풀풀풀! 맴돌고 있다.

술! 황소와 같이 가는 땀의 현장에서,
한 모금 「술」이외 당분간 금지한다.
동서남북 두 번 갈라놓고 이 물이 어떻게 들떠왔는지,
배웠다는 자들이 공개 석상에서 「공술자랑」 할 때가 아니지 않느냐?
(홧병에, 명절에, 어머니가 담그신 곡차 한 잔이 아닐 진데)

내 배가 부를 때도
난 역시 인간이 아니었다

♪언제나~ 사랑하고~있어요. 너희 사랑? 그것은 태양이 폭발하는 현상
이었나니… 느낌이 없으시다고요? 그대는 헛깨빌 사모하고 계시는 것입
니다. (굴뚝새 한 마리)

헛바닥을 태운 오그락지, 두더지까지 기어나와 숨몰아 쉬시게 하는 짱
아찌, 자연산은 어디 가고, 또 다시 배부른 이 땅에 농협 매장을, 민협으
로 갈아치울 때가 돌아왔다. (팔지 못하게 그 누가 막을쏘냐? 귀들이 먹
은지 옛날이랑께! 믿어서 넘친 그 쪼코 크림색, 굴뚝새 두 마리)

꺼~엉! 꺼~엉! 화드드드득! "야! 장끼야! 억수로 반가운데, 좀 뜬다야! 바
로 옆에서" "애 떨어지신 거 아녀요? 우리 삼신할머이께서…"

푸른산 잔설위로 하루 한잎씩 쏙쏙, 낙엽위로 쏙쏙, 앞서가신 푸른 얼굴
이 날 부르신다.

"아씨! 우리 뽀뽀 해 주고 올라 가시면 안돼요?"
오! 향내~ 달래님들! 이제부터 「쓴기도」를, 「도기로 흙기로」 불러 주시
와요.

「여인천하」「기다림과 침묵」을 「전쟁 후 평화」를 기차게.. 넘어서서..
(혁명선언 1호)

언제나, 지구곳곳!
꿈향을 먹고사는
봄 동아! 봄 푸른 동아!

님이 오셨단다. 님이…

빨깃한 찔레순이 떫더냐. 산부추가 맵더냐. 돌배순이 달더냐. 산초순이 언제부터 쓰더냐. (누구나 가족을 잃고 평화의 길에 서보면…)

"야! 씨도리 너 나와! 누구한테 박수 치는거여? 꿀밤 한 대 맞어!"
"애에롱!"

"잘해야지. 말장난 하지 말아야지."

정의구현 사제단, 공수처장! 이 세상 회장은 다 여성

"그래요! 힘들 일 뭐 있겠소! 디서진 잎이 더 향긋한 것처럼"
"하하! 산 할머이 벌써 기쁘십니까? 몇 걸음 앞서서 어우러진 저 향 잎 여인의 통 머슴 깜이 진땀나게도 기쁘십니까?"

아아! 남의 일 같지 않은 것이, 흙의 퇴적이 진보이듯, 푸르러 시들은, 저마다 핏줄에도 작은 평화의 나래 가슴 벅차게 날아오르시라! 유독 이 땅의 말타기, 「신의문」과 「명의문」에 울며 떠나간 내 어린 싹들이여!

「추풍낙엽」도 아니요. 「4대강국」도 아니요. 그렇다면 「호미자루」만 남아 풀 거름 진 후세 꽃송이들 세상이 되게 하소서. (더 이상 수출입이 될 수 없는 숲속의 어르신께)

「헐벗지 않는 신」이/ 보통 진실과/ 거리가 먼/ 가진 자들과/ 한통속일수록/ 풀빛은/ 검드라. 「수질개선」「청정지역」 운운 하면서… (떠발넘딜)

「나라의 머슴을 자처하는 집단」은 반쭉띠기다. (좋게보아)
알이 굵을수록 깨지는 소리 크더라. (토양오염원이 내가)

"식전에 올라오다 보니, 햇해! 땀이 나는데 뭐!… 예!… 수고하십니다. 예예!"
"참 좋아합니다. 아니요. 연기 나는 것 끄러 묻고 온 것도 다 여러분 덕분입니다. 햇~ 해!"

쌓아 놓은 소나무의 노란 동그라미에 「검」 자가 찍혔다. 둥글치는 「검찰목」에 검자는 누가 찍을꼬, 실어 논 「변호목」에 로비라는 집행 팻말은? (끝내 향기로우셔라)

"꽃이 여긴 한창이야. 내일 하루만 바꾸지"
"깝깝해서·· 거 머로·· 토끼어산 거 향지팽이 짚고 산나물 보따리 울러 메고 막 돌아 다녀야 돼" (07. 4. 13)

풀마다 왜 독특한 향기가 날까? 「나」 지나온 노올을 보아라! 새 울거던 듣고 가래요. 해 지거던 자고 가래요. 그 나무아래 덮은 낙엽이 이는 바람이래요.
(서로가 사랑 할 나름이래요.)

저토록 아름답게 운다. 조각난 신들의 밝은 얼굴이 풀리면 지구촌 양식만은 떨어지지 않을 것이다. "제 마음 알죠?" "음" "그러면 됐어요" (씨앗일랑 잘 주무세요)

'산벌을 받고 있다.' 배꽃은 그렇게 기억한다. 가냘프게 뛰고 있는 어린 자신을 들머치기 해 끌어 묻으려 했던, 그 이름과 신분을 떠 올리면서, 농사일과 대식구의 치닫거리로 인해 하루 두 번씩, 목욕재계 후/ 깊은/ 산중/ 풀잎에/ 맺힌/ 밤/ 이슬을/ 받아/ 오늘도/ 배례를/ 올린다. 「세상에 산벌이 내리고 있다」 고, 그녀는 믿고 있다.(산불)

빠보 꼬랑지들아! 우리 새들처럼 장단도 못 맞추는 마카 헛빵구질 퍼석 돌뼈이들아!" (가만, 약간 지나쳤나)

당연히, 어미닭이 먼저라고, 잘 죽기위해서 산다고, 더 진실하시고 깊은 정 하나로 더욱 희생적으로 껴안는 여성의 관점에서 인류사를 바로 보았더라도, 맡겼더라도, 세상은 훨씬 더 반 살생적이고 따뜻하고 겸손하고 비폭력적이고 평화스러웠을 것을… 신무기는 사라졌을 것을… 진작, 이 조선 반도로부터 핵과 원전을 걷어내고 초, 초록 깃빨을 날렸을 것을… 우리 젊은이들도 꿈 새들도 꽃가지마다 총 놓고 연애 한번 머나게 실컷 했을 것을.… 38따라지, 분묘개장 아니해도 (물러가라! 토끼아씨! 더 까불락거리지 말고··)

있다면?

잘못 된 거야!

죄진 놈 명도 길어요.

먹을 것도 많아요.

(맑은 물과 공기를 놓고 볼 적에)

"이건 찬 물! 요건 따신 물!"

여러 상처 입으신 분들 속으로

말씀으로 학벌로 뇌물로 말아먹는 세상에
집을 잃고 고향 떠나 설움 많은 세상에
부모형제 가족 떠나 눈물로 지새우시고

같은 종족이 아니라고
같은 피부가 아니라고
같은 종교가 아니라고 버림받으시고

특별히 선택된 민족이 아니라고
특별히 선택된 직업이 아니라고 밟히시고

가진 게 없다고 의지할 신 없다고
저들끼리 유독 졸업장 쪼가리 하나 없다고
뒷심이 없다고/ 인간 취급도/ 아니하는/ 사회에/ 앞/ 뒤가/ 꽉/ 막힌/
분의/ 가슴에
다 같이 그 세상 가는 길, 깊고 깊은 상처를 입으신 여러분께

삼가, 이 바보천치.. 연필 똥가리 하나 굴리며.. 오늘도 지겟 짐 공군 틈
틈이 푸른 퇴비, 누런 거름, 검고 붉은 두엄 흘리며 끄적여 올림은-

만에 하나 힘 받으시라고
용기를 잃지 마시라고
저같이 혼자 울지 마시라고
혼자 중얼거리지 마시라고
혼자 콧노래 부르지 마시라고…
새들이 시끄럽다 하더라도.

"와! 우리 밀 해물칼국수다!"

아침저녁 이슬에 젖은 낙엽에…
그나마 고맙게도 눈비가 오니 -

"마이크는 노래가 아니라니께." "알았당께로."

♪해는지고 어두운데~ 쩝쩝쩝~ 찌롱찌롱~ 철퍽~ 철퍼덕~ 파도치는 소리앨랑랑~ 여러어머 쩝쩝건강껀깡한 세상에서 만나 보트랑께~요~ (넋이야 모두 쩝쩝 임 그려 우는 마음! 이같이 필름은 끊어지고, 한바탕 어정쳐도, 녹음 하는 기걸으로는 언행이 꼬여 있다 한들, 우리네 만정타령만은, 깨진 꿈이 아니셨기를)

꽃이십니다. 살아서 꽃, 죽어서도 꽃이십니다. 얼굴을 들면 파아란 하늘
에 꽃이 피었고 고개를 떨구면 초록빛 잎들이 꽃이 되었습니다. 그 까짓
꺼 거기서 거긴데 통나무 그만 굴리고 여기서 마 한참 퍼드러지게 자고
가라고 땀이나 드리고 가시라고, 마지막 마무리는 없으니, 그냥 마 다 피
고지고 지고피니 걱정일랑 꽃잎에다 얹어놓고 꽃 되라 하십니다. 꽃 지
라 하십니다. 오늘도 하산 중 진달래 능선에서, 여기는 활짝 웃으시고
저기는 활활 타오르시며… "미치겄떵! 짱가 가도 돼요?" "씨집 오실래
요?" 08년 4월 15일,
"해해! ♪오도가도~ 못~ 하~ 겠~ 네~ 어차피~ 우리 죽어서~~ 차암~살
겠네~야!" (무슨 염치로)

꽃다발이 공평하면 한탄할 리 없고, 돈다발이 공정하면 망할 욕을 하겠
나, 어느 누가 곱게 먹은 마음이 없으리요. 목구멍에 기름이 끼인 자들
이 동서남북 화해를 논하다니..
"있잖아, 밀씨가 쪼글쪼글해도 나아? 빨간 거는 알타리 무가 맞어? 배추
씨는 왜 그래 작어? 상추 더덕 씨는 날아가듯 심 거는데 언제 나지?"
야아! 그렇게 재밋써? 내일 비가 온댔나. 흙이 말랐으면 저녁에 푹 조리
개로 주고, 거기 버려진 캔류를 오리고 이어서 깡통 집을 지었습니다.
올망졸망 갓난아기들이 젖이 모자라 울고 있습니다. 터질 것 같은 독신
녀의 가슴에 안겼습니다. 그녀는 자신을 벗고 대륙을 또 넘었습니다. 홍
보 및 후원자용 한 종파에 사진 찍힘 등이 싫었습니다. 천륜과 인본과
우윳빛 모성애를 느꼈습니다. 신의 간섭이 '낮은 자의 세계화 연대'를
가로 막음을 직시하고 저마다 향기처럼 저 들꽃처럼 새 가정을 열어 주

었습니다. 젖줄이 고요히 흐르는 그 곳은 어쩌면, 진실한 노동만이 나의 믿음을 넘는, 자본의 허상을 뚫을 수도 있는 큰 마당, 다름 아닌 바로 「중화, 화민국」 이었습니다. 그 중에 하나는 꽃 중의 꽃이었습니다.

구르는 과일을 주머니에 넣지 못하고 양손에 오롯이 들고 가는 옛 님을 보자.

우리들의/ 아버지/ 어머니께서는/ 그 무엇을/ 믿으시는지/ 안 믿으셨는지/ 몰라도/ 먼저/
내 손에/ 먼저/ 내 입에/ 넣/ 을/ 수가/ 없으/ 셨/ 으리라.

"아가씨! 그래도 이 과자는 중국산 우유라고 표시되었네요."
"예! 5군데 식품인가 조사하고 갔어요." 멜라민?이 터진 지가 언제인데 아는지 모르는지 아직도 촌구석에는 수북히 쌓여 있는 농협매장에서 고객카드인가 깎아 준다고, 난 싫네. 저 고단한 전례가게를 살려야겠어! 당신들은 배가 불러! (이것 하나만 봐도. 08. 9. 29)

유난스런 붉은 색은 반 자연
반 인권적이다.

♪아~의리에~의리에~죽고 사는~ 문둥이들아~ 앞에서 싸사삭 뒤에서 해꼬지 하는 넘들 우린 못 보지 않더냐~ 있다고 뻗대고 쥐꼬리만한 권세로 빠디비고 좀 배워 먹었다고 얕보는 것들 우리들은 눈 앞에선 그냥 지나칠 수가 없지 않았더냐~ 화해가 뭐냐 상생이 뭐더냐~ 언제 한 번 제대로 물 맑게 대 청소 했더냐「흙 좋게 쟁기질」을 했더냐~ 이산 천에 끊임없는 이 통곡의 소리들 이슬 맞으며 들어 봐도 저 많은 도피 재산 종교단에 처박아 숨겨 주고도「기부란다 감사 헌금이란다 봉헌이란다 계속 지극정성이란다」~아!

강물이 마른다~ 속들이 다 탄다. 저 굽이도는 강바닥이 이 풀기 없는 속 사슴이 허옇게 뿌시러진다. 비틀어 죽어서 송사리 피라미 뚝꾸땡슈 버들치 그 물 맑던 모래사장~ 용 바위 밑에 그 그 황쏘가리들 내 고향으로 또 다시 울려오는 그 뱃노래가 여기가 황천이라더냐 거기가 수용소라더냐~ 의리에 의리에 죽고 사는 자 주 하나로 이 땅의 웃물을 꽃들을 지켜오신 선배님들께 청수나마 한 잔 떠 놓고 그 간의「맹신들」을 이 산마루에 올 처음 떠오른 잠자리 떼 저 푸른 바람 잡는 잠자리 날개에 띄워서라도 날려 보낼까 하오니 저간의 우리 같은 반의 문사도 부디 잘 거두어 주시옵고 두 주먹 불끈 쥐는 그날들을 잊지 말아주시길 오늘처럼 보릿고개 잊지 말고 보리매미 우는 날 다 뽀시랍게 살아오신 들을 모두 제치고 익을지니 내 관 정도는 짜놓고 새길지니…

아~ 의리와 공리에~ 자립과 인정 인심에~ 죽고 사셨던~ 우리네~ 선친들께~ 삼가 바치나이다.

예! 그 어떤 신이시던, 산이던, 죽은이던 그 무엇만은 다 통하게 되어 있지 않았습니까?

강산아 물 맑게 흘러다오. 이제 너를 믿고 짐지리라. 신의 의리에 죽어
가리라.

"벗새여! 너! 어디에 날아 앉았느냐"

"여기 강풍! 상황발생! 무전자제! 진화대원 절벽조심! 헬기 송전탑,, 급
수전 비상! 아! 앞도 안 보이고 날아갈 것 같다."
(「벚꽃」이 필 무렵)

사랑을 보듬어 오신 선신님들께, 초라하고 보잘 것 없이 · 보인, 촌 어머님의 무명 저고리를 여의시며 · · 이 아름다운 옛 오솔길을 물려주신 선현들께 긴이 감사드리고 또 감사드린다. (물잔을 높이 들고 보니)
"보고싶었따아!" "정~ 말이야아?"
'더 보고 싶었다' 는 말도 목메어 못 하시는 이 하층식물 사이로 울며 날아다니는, 청! 청낭새야! 세상에 · · 우리들의 고향무정이여! 생머리 가름 질 타신 청녀들을 보옵소서! 파란 잎들이 잔설을 들어 올리는 이즈음 묵직한/ 이 지겟 짐/ 잠시 세우고/ 이 이슬아침/ 맑간 물 잔/ 간신히 떠 올리며/ 저 울며 나는 옛 님을, 포근한 옛 님을, ~포르릉 포르릉~ 받드시듯 · · 모셔드리면 어떻겠나이까? (오늘도 청청하늘에 아버님께옵선)

그새 목들을 쭉 빼고 꽃들은 휘어져 있었다. 그래! 눈물로 지샌 꽃들의 얼굴을 정중히 뵙자면 반드시 지게 짝대기 사이로 더 모가지를 빼고서는 한참 허리를 꺾어야 했다. 예쁘시다. 그 순간, 눌러놓고 간 바람이 남몰래 일으켜 주시듯이… 원래 누구나 본성은 곱게도 피셨고 아름답게 지시려 저토록 무진 애를 쓰시는지 모른다. (사랑한다. 안아 봐도 괜찮겠냐? 그동안 미안했써, 품앗이가 끝칠세 없어서 못 올라 왔다고)

중돼지야, 한 칠 팔십근 되걸랑. 발자욱을 봐서도, 그래 내려 쫓겨 가더니, 아 글쎄! 들고 있던 빨래방망이로 내리 칠 새도 없이, 그만에 여 젖가슴을 들이받아, 그만에 아주먼네가.. 참네, 내리 몰면 어디로 가겠나, 흐르는 물처럼 모이면… 그 얘기 고만하고, 더덕은? 관에 3원 50전, 비닐 씌웠으니 굵기만 허연기 향기가 없고, 꼬치는 생초가 칠팔원 간다는데, 어쩔는지. 자고로, 멀쩡하니 일하다가 갔다하면 안보여, 「암환자」가 너무 많아. 그 얘긴 그만하고, 그 어딩이 산짐승 땜에 포기한 그 경계 좋은 땅은 올핸 왜 그냥 두었소. 절 짓는데요. 팔린 그곳이 아쉽군요. 자연농사 짓겠지요. "참 맛있던데요. 접때 아버지가 따주신 거는요" 아무럼! 오늘같이 비올 때마다 고개 넘어와 따라나선 동네 민수는 효자야! 그래! 내일 봐! (세상에 고생스레 키운 자식들답게, 너희가 훌륭해. 저절로 농사지기 저들처럼 고맙고 말고··)

일어나야 한다. 무릎을 꿇고 나무를 잡고 바위에 기대어 옴마 젖을 붙잡고 뚝뚝! 금이 가고 마쳐도 가다 숨 거두는 날까지 우린 가야 한다. 이 무 배추, 장가시집 보내야 한다. (이 너덜거리는 소쿠리같은 사랑의 힘만 주신다면야…)

"선아! 옥아! 희야! 고생 많았제애! 어릴 적 뜻밖의 사고로 부모님을 잃고 그동안 얼마나 고생이 많았냐" 그 곳에서 한솥밥을 먹고도 도탑지 못했던 오빠로써도‥ 너희가 커서 종교에 귀의한 후, 조금씩 그 달빛이 푸르러진 후, 덩실 자리를 잡은 후, 남은 어린 들꽃들의 자살 소식과 그 「모임」이란 번잡스런 향기가‥ 어딘가, 그 「소금단지」 뒤에, 그 「금가루」 옆에, 눈을 감으면, 「명상」 앞에, 「염불」 속에, 해지면 「신공」 같이, 하여간 「낙엽 속에 빠진 옹달샘」 같이, 자연스럽게 흐르지 못할까, 남은 모정을 떠나.. 각자 고이 잠들까 쪼끔씩 걱정이란다.

코로나 등장
하느님, 예수 퇴장
수도자 정당한 반란
여성추기경 교황 선출
세계전쟁 무기 살상무기
용광로행, 핵무기 폐기
대자연이 위대한 신이자 부처이다, 조상이다.
흙을 살려야 한다
꽃나무, 과일나무가, 새들이 하늘이다
인간은 누구나 원래 착하다
향기롭다, 정의로움으로 간다
미제가고 일제는 엎드려 사과하라
평화가 분다

쑥과 솔 내음 속에 사랑과 평화를 빈다.
씨도리 올림
20.6.13

정선 요양원에서 감사 드린다.

점심기다림

정성단지 뒷 뜰 향기로울세
수고
무슨 죽일까
푸른 반찬
날아가지
노숙인
식사하러 오세요
전주성당 문 열겠네
예수교회 너무 시끄러워
절깐은 극락깐 모시고 받고
소리 없는 성공회 원불교, 새 종교, 마크무함마드
갑질만 아니면 최고 부자는 카톨릭 조직 기독교 아성
쌀 우유 밀 빵 생선 기차로 달구지로 가득 싣고 간다
개성 개풍군으로 조상님 고향으로 한복 꿈 파산나다
잘 보일려고 팀장? 형제 너무 어려,
넉넉한 품은 넉넉한 경륜에서
한 70대 어르신으로
변정순 씨 심사숙고 요망.

큰 보따리를 / 배고픈 북한 / 올바른 보상

백합꽃 향기 진동할 때, 무릎 높이 나는 반딧불빛은 작으나,

뉘 모친네 7부능선을 환히 비추어 주신다.

(6. 30.구름에 가린 밤하늘 가에는 저 「사각지대 인권」도

휴머니즘 수녀 주교가

엿장수

동물 대 이동
연어 알래스카 넘어
중동 아라비아로
미국 소 멕시코 칠레까지
순 바이칼 중앙아시아물
아프간 인도 양떼로
대 파동
자연사 양식
천지창조 신화종식
성경, 꾸민 이야기?
코로나, 살기, 원위치의 사랑만 남다
보수 가톨릭 종교 혁명 시작

개통부 폐기
북녘 아픔
개꿈
죽탕 처리
무자비 청소
포핵무기
※조선인 위안소 대학생들 이어가기 수요시위 파이팅!
매미 참새소리 크다.

우리는 눈물겹게 그냥 몇 개, 몇 푼어치 목숨비로 바라보기만 했거던, 나라 잃은 설움이 있으신 「어르신들」께서 그 「자유보따리」를 들게 먼저 선처해 주셨더라도, 저 무차별 살포 복음과 성전과 이기적인 신들과 자기만 아는 '공습적인 아이들' 은 자라지 않았을 것을⋯

♪꿈이었다~고~ 사랑했던~ 마음도~ 미워했던 마음도~ 신전 속에~ 날려버린~ 씨씨씨~ 움움움~! 콩깍지야! 전부! 다 쭉띠기라니까! 밑에서 갈가먹지. 위에서 발라먹지. 더 올라가서 따먹지. 뭐가 남을까 했지만⋯ "님께! 다주고 내려가. 야야! 혼다발 향다발 받어! 되새김 선생들 기다려." 꿈은 법문이 아니었다고♪ 자연 꿈 하나 살아난다고♪

사우스 코리아가 생명 경시로 인해 기절하여 깨어나지 않는다면 그 첫째 이유는 무엇일까?
뒷날 스스로 생기 찬 땅 신에 이르고자, 늘/ 피땀으로/ 진심으로/ 엎드려온/ 우리들의/ 자랑 스런/ 꽃송이들은/ 이렇게/ 기록할지도/ 모른다. 배아지 불러서 터져 나온 지도 모르는 각 종교 단 덕분이라고. 괜찮은 사공님들 주변에 감싸고 돌아가 엎어 먹고 지나치게 떠받치다 신격화 직전에 인간성 하나 본받지 못한 부정부패 혈족이 신의 독재와 개똥정치와 맞물 패 돌아갔다고, 거의 판에 박은, 본 가슴을 열수 팥 골라잡을 수 없는, 여전히, 그 「극락왕생」 「이웃사랑」 「세례의식」 「통곡치례」 이전의 원 인간성과 신선하신 의식주마저 무너진 국경을 초월하지도 못하면서 종파 내 반목 권위와 숫자놀음 식 우월주의와 사실상, 노예적 신분주의와 고운 살결에 따른 자본형성식 서열화에 정비례하여 영영 깨어나지

죄스럽습니다

봉아치 씻김, 길놀이 미루어졌습니다.
뽁띠기를 일일이 보내지 못했습니다.
산새요양원 신세를 지고 있습니다.
우간다 천사 분들이 지켜보고 있습니다.
시집 안 가신 선녀님들이 불쌍합니다.
감사함이 남아서······ 2021.2.6.
"토끼아씨.. 올림"

한열이 엄마!
하늘 2번지에서 만나요.

5 · 6공 잔당에게
피의 죄값을 묻겠다.

나는 거지다. 빈손으로 온 줄 알면서 내가 거지인 줄 몰랐다. 그 다리 밑에 저녁이면 모이던 사람들, 한 4~5십년은 흘러간 것 같은데 여전히 그 돼지우리 판자 집에 산다. "도토리 많이 떨어 졌나요?" 기대했던 날들은 가고 없다. 내가 왕 거지가 된 이유가 여기에 있었던가 보다. 그 당시나 지금이나 신의 이름으로 독재자 반열에 오른 친구는 '뱀이 돌아다니는데 저 물을 어떻게 먹어? 'FTA 반내 깃발이 찢어서 안보인다야!' 비나니, 거지만큼 의리 있으라. 그 한밤 울다가 화장터를 신방처럼 드나들던 우리네 그 빚더미, 그 알거지 농사꾼들의 마지막 희망을! (오! 돌아온 세기는 거지 신을 구하노라!)

이런 생각을 말아야 했다

얼씬도 못하는 호텔이 서 있다. 에덴동산에, 산마다 숲속마다 그 기도처가, 세계 곳곳 목 좋은 곳에, 갈수록 늘어지게 뻗어간다. (그 누운 자리에 원 생명은? 내가 밀어 낸 품격 높은 거름은? 이건 분명 임의 뜻이 아니야, 총알일 뿐이야)

손발이 차다.

죽으라고 일 해 봐야 소용이 없다. 인간 시세가 없다.

돌려가며 파먹었다. 맑은 공기가 아쉬웠다. 부드러운 이야기가 주문되
었다. 바로 며칠 진 그 쥐틀에 다람쥐가 갇혀서 틀째로 같이 돌고 있나.

사랑했지.
사랑으로 향변했지.

젖은 사다리가 또 한 짐이다.

우리가 기도할 것은 저 겨울 까마귀의 울음이었다.

양떼구름인가 보다.

하나같이 울부짖는 꽃님을 보고 천번만번 땅을 짚고 흙을 갈며 씨 뿌리
며 가슴 속 깊은 곳에서 흐르는 그 무엇을 부여잡고 어찌 절하지 않으
리. 옛날 옛날에 동학민도 무슬림도 조상님도 부처님도 여러 농부님 네
흙신께서도 하늘아래 곡식 앞에 곡주 한잔 올리고 큰절로 맞이하시고
큰절로 마중 하셨으나... ♪어버이날이~ 왜 이렇게~ 괴로운 지이~ 토끼
새끼~ 니들은~ 모를꺼야~~

"많이 꺾으셨어요?"
"없써! 보름 모내고 음지 짝에 취나 뜯으러 와야지. 요즘 얼마 주는가?"
"칠도 안돼요. "
"뭐! 25년 전에도 백이 됐는데, 바로 원님에게 바로 들이 대! 불이 나야
없는 사람 뜯어먹는 식으로"
"핫! 그건 그렇고요. 추석 전에 오대벼 먹겠써요"
우리 상차꾼 아저씨는 지금도 20대 군복바지 입은 그대로 깡마르시다.
누가 74, 젊은이로 아니 보겠는가. 절레절레 고개를, 진심으로 동감하신
다는 표시를, 수없이 흔드시고 난후 고사리 보따리 짊어지시고 다가서
서 '먼저 번에 얘기한 거 가져왔소?' 대장급이 정기적으로 상납 받고도

성을 바꾸겠다니, 「부정부패자 처단, 소고기 명부」 비슷한 돌림판이었다. 안다.
썩어도 여간 썩어 빠진 게 아닌 줄 하루살이 다 아신다. 애라! 볍씨야 잘 자라다오.
나물아 음지 짝엔 보드랍게 6월이 와도 먹게 해 다오.

점심 시간, 터미널 식당, 동전만 꺼내는 덕치군 인턴사원 젊은 친구는 라면 하나 시키고, 사람, 차, 티 나올까 봐 핼쑥한 버스기사님은 떡라면 시키고, 한 시간 기다리던 정희 할아버지는 김밥 세 줄 시키면서 "허허허! 어디 둘러 앉아 봐도 되겠쑤!"

저어 뒷물공장 돌아가니 지나가던 개살구도 대추도 자두도 고맙다고 마디마디 처다 보니 망울망울 꽃망울이 터질 것 만 이라. "쪽쪽 쪼롱쪼롱!" 기왕이면 이내 피망도 양배추도 싱겁지 않게 아주 맵지도 않게 홀홀 밭고랑 좀 뿌려주고 가라 한다 "잘 뿌린다아~! 싸아~악~ 칠퍼덕~!" 사람 떠난 빈집 꽃 디딜방아 옆에 옆에 뒷간 나무통은 바마디라 시루떡같이 떨어지니 새카망기 정말이지 이게 왠 떡이냐고 고맙기가 그지 없소이기. 사람가고 똥이라도 푹 썩어서 남겨 주시니! 화장지요 국민윤리 교과서 표지만 남았구랴뜬! 맛 좋다고 맛 좋다고! 여보! 내가 무슨 기술이야 있겠소. 실토하지만, 다 우리 순하디 순하신 순양같이 산토끼같이 초색생같이 우리 옛 조상님네 바로 초순거름 덕분인 줄 아오. 이 얼마나 고마운 본업인지요. 똥을 만지자 이제사 사람구실 하는 것 같고 똥통을 끌어안고 다니니 이제사 사람다워지는 것 같구. 똥밭에 뒹굴리고 자빠지고 보니 이제사 사람 맛이 배어 인간이 조끔 된 것 같소이다. "핫핫핫!" 돌아보니 똥이 나를 업신여긴 게 아니라 그놈의 입맛이…

저 군수업체 뒷손, 「선택된 종단」이란, 그놈의 핵! 신무기가 날 그동안 짓밟았던 것이 아니겠소. 바보 중에 진짜 바보가 그 친구들 지구촌이 아닌가 하오. 당장 저 농약병, 음료수 병이 바다를 메우고 뭇생이 사라지고 있다잖소. 옛말이 하나도 그른 게 없고 제 똥은 제가 먹어야 사는 갑소. 자신의 똥을 등졌던 그놈의 방아쇠가 날 그동안 종교전선으로 내몰았던 것이 아니겠소. 듣건데, 「유엔기후변화협약」이 다 뭐이요. 신의 약은 없는 갑소. 살피건데, 자신의 똥의 색깔과 향내와 크기와 양과 심지어 똥 싸바르는 그날까지도/ 별나비/ 돌아서게끔/ 스스로/ 이 과일에/ 채소에/ 흙에/ 물에/ 우리 가슴에/ 비료 농약에/ 독기까지 신끼까지/ 뿜어가며/ 폐가/ 되어야/ 되겠소. 저 푸렁이 맛 들듯이, 개구리참외 껍질까지 못 버리듯이 그대 떠난 뒷날/ 이 촌 머슴 두 손 받쳐 그 꽃에 그 맛난 과일처럼 "꽉꽉! 쩍쩍!" 부디, 향기롭게 하사이다. 향기롭게로… 비나니, 울면서 퍼질러 울면서 우리 어머이 아버이 정 맛 배기게 하시며 한 많은 저 「의문의 영혼」도 모셔놓고… 아! 나는/ 나는 똥!/ 똥 지게꾼/ 이대로/ 살다/ 당신의/ 모정 낭에/ 푹 베이니… 암만케도 ··· 누구누구의 숨 꽃 으로 피고 질세라. (어허! 또 딴 데로 빠졌나 보다) 춥다. 어깨쭉지가 씨 리다. 배고프다, 이런 시간, 향기덩이 하늘처럼 주신 분들에게 감사드린 다. 언젠가 루이 새 벗님들도, 솔님이도, 그대 슬픈 여인의 맞바느질 며 느님도, 하늘 2번지 소녀도, 이웃나라 후손들께서도 절 받으시라. 맑고 고우신 님들 받아주시리라. 특히, 내일 떠날 수 밖에 없는 산 동무들에 게 정안수 앞에 나가 엎드립니다. 쑥부쟁이 꽃따 바쳐 놓고 물 뜨신다. 속이라도 푼다. "같이 가아!" "오! 당신! 맑은뜻 보고 싶을 때 짊어질 맑 으신 가슴 보고지고."

보고 싶을 때 짊어질세. 고오맙습니다. 여러 어르신네! (이 땅에 전범 포 화 사라지고 죽음의 흙길이 향기로워지는 그날까지)

삼림아! 너 온 생명을 살릴 울창한 삼림아!
♪사랑했는데~ 눈물어린~ 그 숲에 안기어~
모두가 좋아하셨는데…
내 가슴이랑 미사일로는 도저히 알릴 수가 없었다.
(국경마다 분쟁의 불씨가,
학살 후 매장터가, 될 줄이야)

알려도 괜찮으려나

89.5.8. 정선 땅 안 봉우제, 아름드리 솔 27그루 중심 2/3 등걸에 참으로 꿈속같이 아름다운 우리의 천연기념물, 크낙새 보여 주셨다.

천날만날 욕 먹고 살아도 좋으리

새 깃털과 꽃잎으로 두들겨 맞아도 난 우르리.

♪오~예~~ 감추고~ 싶어라~~ 이 북풍 남풍 순풍~ 눈송이로~~ 내 마음~ 흙마음~~ 님의 향기로우신~ 거름 가슴에~~ 퍼붓고~~ 싶어~ 라! 폭약 기획처일랑~ 잠재우고~ 싶어라~!

오! 그대, 꽃같이 흘러온 맑은 사랑이여!

도리깨가 넘어가며 콩이 나를 친다.
치를 까불기도 전에 빛이 싫은 벌레들이 움직이기 시작했다.
풀 속으로 뻗어 간 붉은 호박은 튀는 벌레가 먹지 않았다.

「샘」 기르는 순간에 오늘도
젖뽕산 노을이 졌다

우월의식? 신으로부터 받았으므로, 그것이 정의의/ 사촌일지라도/ 지당한데도/ 어쩐 일인지/ 거만하게 보인다.

똑똑한 냄새가 날수록 외나무다리를 놓지 못하고 남들은 맨손바닥도 없는 마당에 보라는 듯 거더입고 몇 발짝 앞서니, 개미떼들의 응원 소리마저 못 듣고 있다고 콩알까지 둘이 있으면 장단이라도 맞추시라고 분단된 이마빡을 때리는 것이다. (민주화와 통일의 그 뜨거운 밑바닥 추진력을 왜 지금 식어가게끔 만들었을까? 나서서 자리 차지한 자들은 역사의 단두대 앞에 스스로 설지어다!)

그것이 무너지는 것은, 머리로 세상을 망치는 것은, 중간 사다리의 못이 하나씩밖에 박혀 있지 않았기 때문이다.

자루가 빠진 도끼를 들어도, 이빨 빠진 낫자루를 들어도, 풀과 나무! 나무 향과 풀내음 사이에는 결코 아프게 울리지 않았다.

개구리? 꿩 54마리? 피를 흘렸다. 수렵꾼은 일부 속였다. 어린것들이, 땅에 기는 여린 축생들이,
안 보인다.

"샘물이 말갛게 흐르신다고?"
"얼마나 좋아! 옛 님의 그 누이와 동생 분께서도 다들 성품이 그러하신 거라!"
(그케! 조상님 덕에)

둥구리한 잎 모양이 새파랗다. 그곳에 가면 그분의 나무껍질은 초록빛에 초록물결이 넘치신다. (누가 자꾸 베어 갈까?)

수면 아래로 나뭇가지사이로 구름을 흘러 보내시는 똘똘 말이 애벌레, 탁 튀는 장구아비, 쉬웅쉬웅 헤엄쳐 나가다 가라앉는 나와 퐁당! 빠져버린 님에게 샘솟는 웃음 한 바가지 주심에… 샘샘아! 너를 사랑했다. 고요했다. 하루도 빠짐없이 마른꽃잎 젖게 해 주시었다.
그 누가 그윽하신, 스스로 흙덩어리인, 자신속의 향기로운 미소를 알아보랴. 쪼르륵 삐욱!
또르륵 삐욱! 빵울 빵울! '꽃다발은 시들어요. 자연히/ 뿌리째/ 핀 꽃무더기를/ 이제는/ 나의/
반쪽을/ 쪼개/ 옮기지/ 말아/ 주세요.

신자들을 성 도구화한 파충류 남자들

어떤 노예 신분?
「신의 대리자」라나? 다 같은 인간끼리

여성은 하늘입니다 .
금혼령 권위 탑 뒤에, 세워도 되는가? 어린 양들은

원죄는 남자, 남자는 권위의 탈
하늘 아래 성직자는
여성밖에 없다.(오버)
고기는 내일 나의 피 죽음

엄마 찌찌! 찌찌뿡!!

좋은 일 많이 하세요.
격려해 주신 여러분 사랑합니다.

자식을 가슴에 묻은 어머님들께 바칩니다.

마음속에 머무시는 선생님

딱히 봉사를 했다고 생각지 않은 일에 이런 글을 쓰려니 굉장히 부끄럽습니다. 이 책을 펼치신 분들과는 어쩐지 제 마음에 오래 알고 지낸 친구처럼 가깝게 느껴집니다. 전 글을 문서로 옮기는 작업을 도왔는데 그래서 혼자 작은 방에서 노트북으로 타닥타닥 글을 옮겼지만 글을 읽어주실 분들 생각에 작업 내내 외롭지가 않았습니다.

또 일상 어디에서 이런 따뜻한 온도를 쉽게 느껴보겠습니까? 사람들을 마음으로 묶어주시는 천사같은 씨돌 선생님의 힘을 여기서도 느껴봅니다. 글을 옮기다가 먹먹함에 잠시 마음을 많이 가라앉히고 가야 하는 순간도 있었습니다. 그래도 선생님의 글이 또 한 번 세상에 태어나는 기쁘고 좋은 일에 제가 작은 참여를 허락받은 행운은 정말로 너무나 감사하고 행복한 시간들이었습니다. 깊은 영광입니다.

김씨돌 선생님의 이야기를 처음 알게 된 건 2019년 여름이었습니다. 선생님의 이야기가 담긴 포스팅 글을 우연히 보게 되었고 자료를 더 찾아보다가 자세한 이야기를 알았습니다.

마침 여름방학이었고 저는 정선으로 떠났습니다. 무작정 떠났는데 버스터미널에 내리니 정말 허허벌판이길래 콜택시를 불러 다짜고짜 봉화치라는 마을로 가 달라고 말씀드리니 기사님이 선생님을 아셨습니다. 택시를 타고 올라가는데 정말 차로 끝도 없이 올라가는 굽고 굽은 강원도의 산골짜기였습니다. 봉화치에 들렀다가 다시 택시를 타고 시내로 내려와 가는 대로 걸이 다니다가 마침 정선 오일장인지 장이 열려 구경하다 지게를 본 뜬 수제품이 있길래 씩씩히 지게를 지고 맨발로 활짝 웃고 계시던 선생님의 모습이 떠올라 하나 사서, 그 지게를 손에 들고 여기저기 강과 들로 해질 때까지 정선 속을 걸어 다녔습니다.

다음 날 서울의 우체국에서 그 지게와 이런저런 물품을 처음 선생님께 보내드렸는데 잘 받으셨는지 모르겠습니다. 정선에 다녀온 그날부터 제 마음 속에는 항상 선생님이 계셨습니다.

제 마음 속에서 어느 날은 삶의 길잡이가 되시기도 했고 어느 날은 서러운 노래가 되시기도 했고 어느 날은 살아야 하는 이유가 되시기도 했습니다. 가끔 선생님께 작은 성의를 보내드릴 수 있는 일을 하고 나면 한시름 편안해지는 기분이 들었습니다. 솔직히 말하자면 세상에 어떤 갚아야 할 빚을 갚는 기분이었습니다. 왜 그렇게 선생님이 마음에 계실까

했더니 그런 기분 때문인 것 같습니다.

선생님을 잊으면 안 될 것 같았습니다.

저는 고향의 봄이라는 노래를 가장 좋아하는데 그 노래를 들을 때마다 선생님께 노래 속의 그런 세상을 가져다 드릴 수 있으면 얼마나 좋을까 그런 생각이 듭니다.

선생님 시 속에는 정말 그런 세상이 있어 시를 읽으면 행복합니다. 그래서 조심스럽게 소중히 옮겨 담은 선생님의 글인데, 이 깊은 글들을 읽어주시는 많은 분들의 시간이 의미 있는 시간이셨으면 좋겠습니다.

앞으로의 훗날은 과거부터 미래가 무지개 길로 이어진 세상으로 갈 수 있었으면 좋겠습니다. 또 그런 세상을 만날 수 있도록 힘을 더하고 싶습니다. 꿈으로 끝나지 않으면 벅차겠습니다.

그 여름 날 봉화치에서 산길을 걸어 볼 때 발밑으로 펼쳐진 전경과 높은 하늘을 바라보며 여기서 선생님이 솔잎과 소나무 가지를 깔고 아픈 몸을 참아가며 주무셨던 외로운 밤들을 생각했습니다. 그 때 떠오른 시가 있었는데 제가 선생님의 시 다음으로 좋아하는 시인데 선생님과 책을 읽으신 분들께서 이 시도 한번 감상해 보셨으면 하는 마음에 추천해 드리고 맺는 인사드립니다. 〈김경주 - 그가 남몰래 울던 밤을 기억하라〉 감사합니다. 모두 건강하세요.

- 봉사자 최여울

내게 용기를 주시는 아저씨

제가 김씨돌 아저씨를 처음 알게 된 건, 2012년 SBS 〈순간포착 - 세상에 이런 일이〉 방송을 보면서였습니다.

발가벗고 온 산을 자유롭게 휘젓던 더벅머리의 중년 남자가 깊은 인상에 남았고, 가끔 저는 아저씨를 생각했습니다. 그렇게 10여 년의 시간이 흐른 것 같습니다.

어느 날 티브이를 보는데 씨돌 아저씨 이야기를 담은 다큐멘터리가 방영되고 있었습니다. 아마도 중간 넘게 방송되어 다큐의 끝이 얼마 남지 않았던 것 같습니다. 아쉬운 마음이 들어 인터넷으로 방송을 모두 다시 찾아보고 씨돌 아저씨 근황도 찾아봤던 것 같습니다.

제가 생각하는 씨돌 아저씨는 참 긍정적이고 밝으신 분입니다. 세상을 사는 게 힘들 때, 저의 마음대로 안 될 때, 씨돌 아저씨가 저에게 가만히 용기를 주시는 것 같았습니다.

두려워하지 말라고 자신의 온 삶으로 보여주시는 것 같습니다.

아저씨가 적으신 글을 컴퓨터의 문서로 옮기면서 그 용기와 사랑을 읽으면서 행복했습니다. 몸이 불편하셔서 글씨가 잘 써지지 않아도, 끝까지 써내려간 그 꼬불꼬불한 글씨를 오래도록 읽으면서 씨돌 아저씨 마음이 그려졌습니다.

많은 사람들이 아저씨의 사랑을 기억할 수 있도록 이 책을 위해 노력해주신, 이큰별 피디님께 감사드립니다.

- 봉사자 신예슬

세상에 나올 수 없는 책을,
만든다는 것

바야흐로 작년 봄이었습니다.

씨돌 아저씨가 쓰신 원고를 처음 전달 받았을 때 제가 느꼈던 감정을 어떻게 표현해야 할까요?

왼손을 힘겹게 움직여 삐뚤삐뚤 쓰신 글의 뭉치. 말의 잔치. 문장의 질주. 단어의 폭포..

봉화치 숲과 같이 빽빽하고 정선의 조양강물처럼 끝없이 쏟아낸 아저씨의 종이 글을, 누군가는 컴퓨터의 문서로 옮겨야 했습니다.

그때 저에게는 제 나름의 사정이 있었습니다. 10년이 넘어가는 피디 생활 동안 편집실에서 꼬박 밤을 지새우던 날들이 쌓이고 쌓여, 마침내 시력에 무리가 왔습니다.

의사 선생님께서는 무서운 얼굴로 절대적인 안정을 취해야 한다고 말씀하셨고, 저는 당시 담당하던 프로그램의 시즌이 끝나자 잠시 제작 현장을 떠났습니다.

그렇게 두 달여 동안 제주도에서 생활하면서, 씨돌 아저씨의 글을 컴퓨터로 문서화하기 시작했습니다.

씨돌 아저씨의 꼬부랑 글씨를 정확히 알아보는 일은 참으로 어려운 작업이었습니다.

시력에 무리가 가는 일을 하지 않기 위해, 바다와 하늘을 바라보기 위해 제주도로 내려왔는데, 현실은 정반대였습니다.

그런데 참으로 재미있는 것은, 모스 부호 같은 아저씨의 글을 해독하기 위해 끙끙대며 애쓰는 날들이, 빙그레 웃음 지어질 만큼 저는 좋았다는 사실입니다.

씨돌 아저씨의 글을 부여잡고 제주의 여기저기 풍광 속을 헤매며 작년 봄을 살았습니다.

대지엔 찬란한 생명이 움트고, 창문을 열고 잠을 자면 꽃내음이 밤새 창가에 머물다 베갯잇에 배었습니다. 봄의 절정에서 아름다운 문장에 파묻혀본 경험은, 행복이었습니다.

초여름, 방송 제작 현장으로 복귀하였습니다.

저는 직장인입니다. 밀물처럼 일이 밀려왔습니다. 여기는 자본주의 사회니까요.

씨돌 아저씨의 글을 옮기는 작업은 절반도 넘게 남아있었습니다. 저 혼자로선 올해 안에 글을 옮기는 미션을 끝내는 것이 불가능함이 명백해졌습니다.

고민 끝에, 씨돌 아저씨에게 오랫동안 사랑과 관심을 보내주시는 인터넷 카페에 자원 봉사자를 모집하는 글을 올렸습니다.

놀랍게도 국내는 물론, 해외에서까지 도움을 주겠다는 고마운 분들의 연락이 넘쳤습니다.

그렇게 봉사자분들의 도움을 받아 연말이 되기 전, 씨돌 아저씨가 적으신 글을 컴퓨터로 문서화하는 작업을 모두 마무리하였습니다.

자! 이제 모든 준비는 끝났습니다. 이제 책으로 엮어내기만 하면 되는 일입니다.

예상 가능한, 기분 좋은 해피엔딩!

그런데... 정작 지금부터가 시작이었습니다.

씨돌 아저씨의 글을 출판해줄 편집자와 출판사를 찾는 것이 난항이었습니다.

이 책을 읽으신 분들께서는 느끼셨겠지만, 씨돌 아저씨의 글에는 아저씨 특유의 서사가 있습니다. 아저씨의 독특한 생애, 경험, 철학, 표현이 응축된 문장은 독자에게 일차적으로 쉽게 다가오지는 않습니다.

그래서 저는 아저씨의 글은, 몸에 좋은 현미밥이라고 생각합니다. 꼭꼭 씹고 천천히 음미해야 감동이 느껴지기 때문입니다.

하지만 기억하고 계시죠? 여기는 자본주의 사회입니다.
책 한 권이 세상에 나오기 위해선, 단순히 원고만 완성되었다고 가능한 일이 아니었습니다.
여러 출판사에서 원고를 검토를 했지만, 출판 관계자 분들의 판단은 대중성이 우선순위였습니다. 그것은 어쩔 수 없는 당연한 선택이기도 합니다.
하지만 봉사자들과 함께 네 번의 계절이 바뀌는 동안 애를 써가며 옮겨 놓은 아저씨의 진심을 담은 글이, 오직 대중성의 잣대로만 판단 받는 현실이 슬프기도 하였습니다.
세상엔… 사람들에게 읽히는 글만 존재하는 것이 아니라, 때때론 쓰는 이가 전하고 싶은 글도 필요하다고 저는 생각하니까요.

암담하던 그때에 기적처럼, 도움을 주시는 분이 등장했습니다.
방송을 통해 시작된 인연 중, 제가 씨돌 아저씨 만큼이나 많은 영향을 받은 신미식 사진작가님이십니다. 지금까지 아프리카 대륙을 90번 이상 방문하며 다큐멘터리 사진작가로 활발히 활동하시는 신 작가님은, 이미 38권의 책을 펴내셨을 만큼 출판에 있어서도 전문가이셨습니다.

바쁘신 와중에도 신미식 작가님이 직접 씨돌 아저씨의 책 디자인 및 편집을 담당해 주시고, 출판사도 연결해 주셨습니다.

"책에는 자연이 담기도록 부탁드려요. 연초록 위주로. 꽃마차가 계속 달렸으면 좋겠어요."

씨돌 아저씨가 강조하신 유일한 한 가지, '꽃마차가 달려야 한다'는 위의 문장을 현실로 만들기 위해, 신미식 작가님은 한 겨울 제주도로 떠나 몸을 구르며 꽃 사진을 찍기도 하셨습니다. 사진 작업을 하시는 동안 아저씨의 흉상이 혼자서는 외로워 보인다고, 저에게 갑작스레 제주도로 내려오라고 해서, 크리스마스 연휴를 제주도에서 아저씨의 흉상과 여행하며 보내기도 하였습니다. 씨돌 아저씨 & 신미식 작가님… 제가 가장 존경하고 사랑하는 두 사람이, 하나의 책을 만들기 위해 영혼을 소통하는 모습은 벅찬 감격이었습니다.

자! 그리하여, 마침내…
많은 이들의 따뜻한 정성과 순수한 마음이 모여…
세상에 나올 수 없는, 아름다운 책 한 권이 만들어졌습니다.

씨돌 아저씨가 소망하던 '인간미 넘치는 세상'이란, 아마도 이런 풍경이 아니었을까요?

- SBS 시사교양본부 이큰별 PD

Special Thank's : 신예슬 봉사자님, 최여울 봉사자님, 신미식 사진작가님, 조인채 사진작가님, 추연만 사진작가님, 박홍주 푸른솔 대표님, 동덕여대 이재현 교수님, 정선군 노인요양원 변정순 원장님, 맹봉주 선생님, 전옥희 선생님, 후원회 정광수 회장님, 이 베로니카 수녀님

"나는 길이요
진리요
생명이니라"
-누가 믿나-
세상은 눈물 바다

"순종을 묻자
때지어 날으는 선녀들"
-절반의 정의-

학력철폐
방랑김삿갓

그러므로
뿍떼기는
부활뭉치입니다.